Elisabeth Dreisbach · Es wird ein Schwert durch deine Seele dringen

ELISABETH DREISBACH

Es wird ein Schwert durch deine Seele dringen

CHRISTLICHES VERLAGSHAUS GMBH
STUTTGART

1991
70.–72.Tausend

Umschlaggestaltung: Dieter Betz, Weissach
Umschlagfoto: W. Rauch
Gesamtherstellung: Druckhaus West GmbH, Stuttgart
ISBN 3-7675-7002-5

Die letzten Erdschollen fielen auf das Grab. Der Totengräber schulterte die Schaufel und überblickte die lange Reihe frischer Hügel.

„Das ist die Grippe", murmelte er in seinen grauen Bart. „Es war reichlich viel in letzter Zeit", und er dachte dabei an die Todesopfer, die diese heimtückische Krankheit gefordert hatte. „Es ist wie ein Schlachtfeld", fuhr er in seinem Selbstgespräch fort. „Man kann nicht schnell genug die Gräber schaufeln. Und so viel blühendes, junges Leben. Grausam ist der Tod. Oft frage ich mich, warum Gott das zuläßt."

Seit zwanzig Jahren versah der Totengräber hier sein Amt. Er war zwischen den Gräbern ein Philosoph geworden, und viele tiefe und ernste Gedanken stiegen aus den Grüften zu ihm empor.

„Warum läßt Gott das zu?" Dieselbe Frage bewegte auch das Herz des vierzehnjährigen Knaben, der an der Seite seiner Mutter auf dem gepflegten Friedhofsweg daherkam. Aus seinen tiefblauen, klaren Kinderaugen blickte er seine Mutter an. Ein dunkler Ton schwang in seiner Stimme mit, als er seine Frage wiederholte.

„Sag, Mutter, warum läßt Gott so etwas zu?"

Die Mutter, eine zarte, fast zierliche Gestalt, nicht viel größer als der Junge, schwieg eine Weile, ehe sie antwortete.

„Friedemann, in der Bibel heißt es an einer Stelle: ‚Was ich tue, das weißt du jetzt nicht, du wirst es aber hernach erfahren.' Es gibt vieles im Leben, was wir nicht begreifen und verstehen und worüber wir hier auf Erden nie Klarheit bekommen. Über die Führungen Gottes wird uns erst in der Ewigkeit das Verständnis aufgehen. Jetzt können wir nichts andres tun, als seinem Walten stille halten."

„Das ist schwer, Mutter!"

Frau Honeck warf einen prüfenden Blick auf das ernste Gesicht ihres Kindes. Die letzten Tage schienen es um Jahre gereift zu haben. „O Gott, bewahre meinem Jungen noch eine Weile sein Kindheitsglück."

Nun waren sie bei der neuen Gräberreihe angelangt. Der alte Totengräber trat ehrerbietig einen Schritt zurück, um ihnen den Weg frei zu machen. „Ich habe eben die letzte Arbeit daran vollendet", sagte er und deutete auf das äußerste Grab in der Reihe.

„Vaters Ruheplatz." Über Frau Honecks blasse Wangen rannen Tränen. „Mutter", flüsterte der Knabe an ihrer Seite und faßte ihre Hand, „weine nicht, du hast ja mich, und ich verlasse dich nicht."

„Ja, mein Kind, ich habe dich, Gott sei Dank dafür."

Als man gestern ihren Mann, mit dem sie fünfzehn, wenn auch nicht leidlose, so doch glückliche Jahre verlebt hatte, hinabsenkte, da war es ihr einen Augenblick gewesen, als sei mit ihm alles, was sie einst an Lebensglück, Freude und Hoffnung besaß, auch begraben. Ein Blick auf ihren Knaben, der schluchzend neben ihr stand und es nicht fassen konnte, daß man den Vater in die Erde bettete, hatte sie wieder an ihre Lebensaufgabe und Verantwortung erinnert. Sie mußte leben, leben und schaffen für ihr Kind, ihren Sohn, der sie noch nötig brauchte. Und sie hatte den weinenden Jungen an sich gezogen und getröstet. Heute schon tröstete er sie. „Mutter, du hast ja mich." O wunderbare, lebensbejahende Jugendkraft, ja, sie hatte ihren Jungen, ihres Gatten Sohn. Noch eine Weile standen sie miteinander am Grabe des Vaters. Als aber der Totengräber begann, neben diesem ein neues Grab zu schaufeln und beinahe wie um Entschuldigung bittend sagte: „'s ist für eine alte Frau", da wandten sich beide, um heimzugehen. Friedemann fühlte in diesem Augenblick in seinem jungen Körper eine Lebenskraft aufströmen wie nie zuvor. Der Tod war ein Feind, das wurde ihm plötzlich klar. In ihm aber wogte der unbändige Wille zum Leben. Es hielt ihn nicht länger auf dem Gottesacker, er beschleunigte den Schritt. „Komm, Mutter, laß uns nach Hause gehen. Wir beide müssen jetzt fest zusammenhalten."

Am Abend saßen sie miteinander in dem gemütlichen Wohnzimmer ihres kleinen Häuschens. Soeben war die Sonne untergegangen in erhabener Schönheit und doch zugleich in altvertrauter und wohltuender Art, so, als ob ein guter alter Freund eine Reise machen will und noch einmal abschiednehmend mit der Hand winkt: „Ich komme wieder, ihr könnt damit rechnen." Die letzten warmen Strahlen hatten kosend Baum und Strauch, Äcker und Wiesen, Feld und Wald gestreichelt. Nun war es Abend geworden. Friedemann stand am Fenster. Die Mutter saß im kleinen Erker bei einer Handarbeit. Wohl trauerte ihre Seele in tiefem Leid, und unsagbar schmerzte die Wunde, die der Tod ihr geschlagen hatte, aber ihre Hände ruhten nicht. Wie oft im Leben hatte sie die heilsame, tröstliche Kraft der Arbeit erprobt. Der Knabe wandte sich jetzt zu ihr.

„Mutter, als wir gestern den Vater begruben, und es so in Strömen regnete, da meinte ich, die Sonne könnte nie mehr scheinen – und doch war heute so ein herrlicher Sommertag."

Frau Honecks Augen ruhten mit inniger Liebe auf ihrem

Sohn, aber sie antwortete nicht, sie empfand, daß er ihr noch mehr zu sagen hatte, und er fuhr fort: „Mir selbst war es in den letzten Tagen und besonders gestern bei der Beerdigung, als ob ich nie, nie mehr froh werden könnte, als ob das ganze Leben nun sinn- und zwecklos geworden wäre, ganz verzweifelt war mir zumute, und heute, Mutter, heute mache ich mir wieder Gedanken und Pläne für die Zukunft. Ist das unrecht? Ich meine, unrecht dem Vater gegenüber?"

Friedemann hatte ein niederes Stühlchen herangezogen und setzte sich nahe zu seiner Mutter. Das war von jeher sein Lieblingsplatz in der Dämmerstunde gewesen. Frau Honeck legte die Handarbeit in den Schoß und streichelte ihrem Jungen über das weiche, braune Haar.

„Unrecht, Friedemann, nein, das ist das Recht der Jugend und die Pflicht der Lebenden. Ich weiß, wie sehr du deinen Vater geliebt hast, aber du kannst sein Andenken durch nichts mehr ehren, als wenn du dich bemühst, ein pflichtgetreuer, gewissenhafter Mensch zu werden, vor allem aber ein wahrer Christ. Darum darfst du ruhig Zukunftspläne schmieden." Frau Honeck nahm die Arbeit wieder auf, und während sich ihre Hände fleißig regten, weilten ihre Gedanken in der Vergangenheit und legten einen weiten Weg zurück. Wie schnell waren die Jahre vergangen. Es schien ihr, als sei es erst gestern gewesen, als sie, die Lehrerstochter, mit ihren alternden Eltern das Ostseebad Kolberg aufgesucht hatte. Der Vater war leidend, und man versprach sich von der kräftigenden Seeluft viel für seine Gesundheit. Sie hatten nicht in einem der luxuriösen Strandhotels Wohnung genommen, dazu reichten ihre bescheidenen Mittel nicht aus, aber in dem freundlichen, weinumrankten Privathäuschen der Familie Honeck hatten sie ein paar behagliche Zimmer gemietet. Familie Honeck sorgte für ihre Kurgäste in rührender Weise. Sie, die damals Zwanzigjährige, hatte zum erstenmal überwältigt am Meeresstrand gestanden und keine Worte gefunden für solch erhabene Schönheit und Größe. Es war zur Zeit der Rosenblüte gewesen. Rings um den Frühkonzertplatz, wo allmorgendlich die Kurkapelle spielte, hatten sich die herrlichsten Rosenhecken erhoben. War das ein Blühen und Duften. Der jungen Frieda war es gewesen, als müsse soviel Schönheit und Harmonie ihr das Herz zersprengen. Damals hatte sie den einzigen Sohn der Familie Honeck kennengelernt. Er war von der Bauhochschule heimgekehrt, wo er soeben das Examen bestanden hatte. Die beiden jungen Menschen fühlten sich zueinander hingezogen und erkannten bald, daß es mehr war als Sympathie, was sie miteinander verband. Es dauerte aber doch noch fünf Jahre, bis sie heiraten konnten, und seitdem war das Häuschen in der Brunnenstraße Friedas Heimat geworden.

Der junge Honeck hatte sich rasch selbständig gemacht. Er verdiente gut, jedoch erkrankten beide Eltern, und ihre Pflege verschlang manchen Spargroschen. Übergroß war das Glück der jungen Leute, als sie sich im zweiten Jahr ihrer Ehe auf das Kommen eines Kindleins freuen durften. „Ein Mädchen soll es sein", wünschte der junge Vater, „und deinen Namen soll es haben, es muß ein rechtes Friedenskind werden." Dann kam der Junge, und die Eltern waren hoch erfreut. „Friedemann" nannten sie den Kleinen, und nun folgten Jahre ungetrübten Glückes. Gewiß, sie waren nicht vom Leid verschont geblieben. Die Eltern und Schwiegereltern starben. Friedemann war einige Male ernstlich krank, aber immer wieder lichtete sich das Dunkel, und die innige Liebe und Harmonie, die der Grundton in der Familie war, verlieh ihnen in den schwersten Tagen Tragkraft und Hoffnung.

Ein oft eigenartiges Kind war der kleine Friedemann gewesen. Als er zum erstenmal den Kindergarten besucht hatte, war er nach Hause gekommen, hatte einen kleinen, etwas verwildert aussehenden Jungen an der Hand seiner Mutter zugeführt und gesagt: „Das ist der Rolf, der soll jetzt mein Bruder sein." Das Staunen seiner Mutter in keiner Weise beachtend, hatte er seinen Spielschrank geöffnet, in dessen unterem Fach seine Hausschuhe standen, und das wärmere der beiden Paare hervorgeholt.

„So, Rolf, bei uns zieht man immer gleich die Stiefel aus. Hier sind deine Hausschuhe. Die gehören jetzt dir — und komm mal mit rüber, ich will dir auch gleich mein Bett zeigen, da schlafen wir dann immer zusammen — aber natürlich erst heute abend, jetzt wollen wir vor dem Essen noch miteinander spielen." Und er hatte sich mit seinem „selbstgewählten neuen Bruder" zu seiner Kommode begeben und seine Eisenbahn, seine Bilderbücher, den Teddybär, die Bauklötze und anderes Spielzeug hervorgeholt.

„Laß ihn eine Weile gewähren", hatte der Vater damals gesagt, er war gerade zur Mittagszeit nach Hause gekommen und von seiner Frau über des kleinen Sohnes selbständigen Entschluß aufgeklärt worden. — So standen die Eltern im Hintergrund und beobachteten voller Interesse das Verhalten der Kinder.

Rolf war ein schmächtiger Junge, etwas größer als Friedemann, mit schwarzen, ungepflegten Haaren und unruhigen, listigen Augen, die ständig hin und her eilten und keinen

Augenblick bei einem Punkt verweilen konnten. Als er die Blicke der Eltern Friedemanns auf sich ruhen fühlte, zog er, wie einen Schlag erwartend, die Schultern hoch und kroch ein Stück zurück, um hinter dem Rücken des Spielkameraden Deckung zu suchen. Etwas später aber bemerkten die Eltern, die die spielenden Kinder weiter beobachteten, daß Rolf zuerst fast unmerklich, aber in offensichtlicher Berechnung, ein Spielzeug nach dem anderen zu sich zog und es, soweit es dazu nicht zu groß war, in seinen Hosen- und Jackentaschen verstaute. Erst nach einiger Zeit wurde auch Friedemann darauf aufmerksam und sagte ruhig: „Die Sachen gehören natürlich nicht dir allein, sondern uns beiden zusammen, weil du doch jetzt mein Bruder bist." Kein Wort erwiderte Rolf, kniff aber lauernd die Augen zu und spreizte die Hände über die Taschen in sichtlicher Abwehrhaltung.

„Die Bruderschaft gefällt mir nicht", sagte Herr Honeck halblaut zu seiner Frau. „Schaff mir das Bürschlein nur so schnell wie möglich aus dem Haus."

Friedemann brach in heftiges Weinen aus, als die Mutter ihm erklärte, daß sein Spielkamerad jetzt wieder gehen müsse, zumal seine Mutti sich gewiß um ihn ängstige und mit dem Essen auf ihn warte.

„Niemand hat ihn lieb und keiner hilft ihm, daß er brav sein kann", schluchzte das feinbesaitete Kind, und Rolf fügte lässig hinzu: „Ich kann gut hier essen. Meine Mutter schimpft nicht." Das wurde ihm dann auch ohne weiteres gewährt. Rolf griff herzhaft zu, während der kleine Friedemann nur zögernd und an seinen Tränen schluckend ein paar Bissen zu sich nahm. Er begriff nicht, warum die Eltern seinen Plan, den neuen Freund in die Familie aufzunehmen, nicht billigten. Ohne weiteres hätte er Rolf all die Spielsachen, mit denen dieser seine Taschen gefüllt, mitgegeben, aber der Vater war anderer Meinung.

Am Nachmittag sprach Frau Honeck mit der Kindergärtnerin und erfuhr von dieser, daß Rolf Schmutzer ihr schwierigstes Kind sei. Er kam aus wenig guten Familienverhältnissen, kannte weder Ordnung noch Zucht und wuchs wie ein kleines Unkraut ungepflegt und unerzogen auf. Sie hatte ihn an diesem Morgen einigemal ernstlich zurechtgewiesen und schließlich strafen müssen. Als er abseits von den anderen an der Wand stehen mußte und vom Spiel ausgeschlossen wurde, hatten die Mädchen und Jungen ihn ausgelacht, ihm, wenn auch heimlich, Schmähworte zugerufen und ihn ihre sichtliche Verachtung auf allerlei Art und Weise spüren lassen. Frieder, der bisher nur unter dem Einfluß seines Elternhauses gestanden und etwas Derartiges noch nie erlebt hatte, war längere Zeit stummer Beobachter gewesen. Plötzlich aber hatte er sich neben den „Ausgestoßenen" gestellt, als wolle er dessen Verbannung teilen, hatte seinen Arm um ihn gelegt und ihm einen Kuß gegeben. Das Staunen der übrigen Kinder war groß. Sah denn der Neue nicht, was für einer dieser Rolf Schmutzer war? Mit dem wollte doch keiner etwas zu tun haben. Nach einer Weile war Friedemann zu der Kindergärtnerin gekommen und hatte gebeten: „Darf er jetzt mit den anderen spielen? Er will gewiß wieder lieb sein", und als ihm geantwortet wurde, daß Rolf noch etwas warten müsse, da hatte er neben ihm ausgehalten, obgleich die unfreundliche Haltung der anderen Kinder und deren Spott ihm die Tränen in die Augen drängten. Er war erst wieder froh, als die Strafe aufgehoben wurde, und reihte sich glückstrahlend, seinen neuen

Freund an der Hand, in den Kreis der Spielenden ein. In Selbstverständlichkeit hatte er ihn dann am Mittag mit nach Hause genommen, unbedingt gewillt, ihn als seinen Bruder aufzunehmen.

Das Kind schlief schon längst, als die Eltern sich noch lange über dieses Erlebnis unterhielten. Besonders die Mutter konnte gar nicht damit fertig werden.

„Nun war dieses sein erster Ausflug in die Welt, an dem er die Hand der Mutter loslassen mußte", sagte sie, „und schon hat er eine Begegnung mit der Bosheit, mit Rohheit und Herzenshärte gehabt. Ich fürchte, sein weiches Herzchen hat einen ordentlichen Stoß bekommen. Er hat sich vor Kummer in den Schlaf geweint."

„Du wirst ihn vor solchen Erlebnissen nicht bewahren können", hatte Ernst Honeck damals erwidert. „Das möchtet ihr Mütter ja am liebsten, alle Steine euren Kindern aus dem Weg räumen, aber wie sollten sie ohne dieselben erstarken und reifen? Gut ist es, daß er noch immer in deine Arme flüchten kann mit seinem Weltschmerz. Im übrigen kannst du doch sehr zufrieden sein. Er hat sich wahrlich wie der barmherzige Samariter benommen. Ich glaube, das hat er von dir, Frieda, du willst ja auch immer alle gesamte Erdennot tilgen, und wenn ich nicht bremsen würde, wäre unser Häuschen längst etwas Ähnliches wie ein Obdachlosenasyl oder eine Art Herberge zur Heimat geworden. Es scheint mir, daß der Junge doch seiner Mutter mehr nachschlägt als seinem Vater. Aber laß gut sein, Frieda, mir ist es recht so. Ohne diese deine überfließende Güte hätte ich dich ja gar nicht genommen." Er schloß sie bewegt in die Arme. Die junge Frau aber hatte den Kopf an die Schulter ihres Mannes gelehnt.

„Ernst, mir ist bange um unser Kind. Wie wird es seinen Weg durch das rauhe Leben finden, mit seinem weichen Herzen?"

„Das fragst du", hatte ihr Mann geantwortet, „die du allabendlich mit dem Jungen betest: ‚Breit aus die Flügel beide, o Jesu, meine Freude, und nimm dein Küchlein ein . . .' Entweder du glaubst das, oder du glaubst das nicht!"

„Verzeih, Ernst", hatte sie erwidert. „Du hast recht, und ich bin froh, daß du mich daran erinnert hast."

Und der Junge war größer geworden und hatte sich mit dem, was auch sein Kinderleben schon beschwerte, abfinden müssen, aber er war immer ein barmherziger Samariter geblieben, und eigenartig, wenn es die Eltern auch gar nicht gerne sahen, er hielt von seiner Seite aus die Bruderschaft, die er dem verwilderten Rolf angetragen hatte, aufrecht.

Etwa sieben Jahre alt mochte Friedemann gewesen sein, da war er mit einigen seiner Klassenkameraden, darunter auch Rolf Schmutzer, an den Strand gegangen, um dem Tun der Fischer zuzusehen, die mit ihren Fischkuttern von ihrer Nachtfahrt zurückgekehrt waren. Sie hatten offenbar einen guten Fang getan und waren in froher Laune. Mit den Jungen waren sie gut Freund, und manch ein Scherzwort flog zu ihnen herüber.

Als Friedemann mit Rolf den Strand verließ, bemerkte er, daß dieser etwas unter seiner Bluse versteckt hatte.

„Was trägst du denn da?" fragte er. Rolf ließ es ihn verschmitzt lächelnd sehen.

„Fische? Aber woher hast du die?"

„Hast du es nicht gemerkt? Als der Kertens einen Augenblick zum Braun hinüberging, habe ich sie aus seinem Boot stibitzt. Es ging prima. Keiner hat was gemerkt?"

Entsetzt sah Friedemann den Freund an. „Aber Rolf, das ist doch gestohlen!"

„Ha", hohnlachte dieser, „gestohlen! Meinst du, das schadet dem Kertens was? Der hat so viele Fische gefangen. Der merkt es ja gar nicht, daß ihm die fehlen!"

„Du bist gemein!" schrie Friedemann und stand mit geballten Fäusten vor dem anderen. „Du bringst die Fische zurück oder ich spiele nicht mehr mit dir, du — du Dieb!"

„Und du bist ein schöner Bruder!" erwiderte Rolf und drehte ihm den Rücken. „Dann spielst du eben nicht mehr mit mir. Ich bringe jedenfalls die Fische nicht zurück, sondern meiner Mutter. Mein Vater hat wieder einmal alles Geld versoffen, meine Mutter weiß nicht, was sie kochen soll — und wir haben Hunger." Und damit ließ er Friedemann stehen und lief mit seinen Fischen unter der Bluse davon.

Dem Friedemann aber stürzte eine Welt ein. Rolf stiehlt, weil sie nichts zu essen haben. Der Vater versäuft alles, Rolf sorgt für die Mutter. Was war hier nun am Platze? Abscheu oder Bewunderung? — Er kannte sich nicht aus in dieser Welt. Am andern Tag aber und viele Wochen hindurch gab er täglich sein Schulbrot dem Freund, der im Grunde genommen gar keiner war. Und auch in den späteren Jahren teilte er täglich, was die Mutter ihm mitgab, mit Rolf.

Aber er wurde durch diesen Jungen in noch weitere Nöte gestürzt. Eines Tages kam Friedemann erregt nach Hause. Zum erstenmal hatte Rolf ihn mit in seine elterliche Wohnung genommen, und nun mußte Frau Honeck die Flut dieses ihren Sohn erschütternden Erlebnisses über sich ergehen lassen.

„Mutter, du glaubst nicht, wie es dort aussieht. Kein Bett war gemacht und überall lag etwas herum. Und Rolfs Mutter hat geraucht und geweint. Und dann hat sie zu Rolf gesagt: ‚Jetzt läuft er wieder mit der anderen herum und fragt nicht danach, ob wir verrecken.' Ich hab' dann den Rolf gefragt, wer es ist, der mit einer anderen herumläuft und was das heißt: Verrecken! Da hat er mir erzählt, sein Vater habe noch andere Freundinnen, mit denen sei er aber nicht verheiratet, und verrecken heiße kaputtgehen. Sein Vater kümmere sich nicht darum, ob sie alle verhungern, wenn er nur seine Weiber habe. Nicht wahr, Mutti, so ist unser Vater nicht, der läßt uns nicht verhungern und hat auch keine Weiber."

Voller Entsetzen hatte Frau Honeck ihr Kind in die Arme gerissen. „Um Gottes willen, Jungchen, was redest du da?"

Und am Abend dieses Tages, als das Kind schon schlief, hatte sie schluchzend an der Schulter ihres Mannes gelehnt.

„Ernst, ich bin ratlos. Was können wir tun, um Friedemann vor solchem Sumpf zu bewahren?"

Und ihr Mann hatte beruhigend über ihr Haar gestrichen, immer wieder, aber auch er hatte ehrlich bekümmert und besorgt ausgesehen. Schließlich hatte er erwidert: „Wir könnten natürlich Friedemann verbieten, mit diesem Rolf Schmutzer zu verkehren, er macht wirklich seinem Namen Ehre, aber was kann der Junge schließlich für die Verhältnisse seines Elternhauses? Und dann, Frieda, wir werden es nicht verhüten können, daß unser Friedemann auch Einblick gewinnt in solche schmutzigen Dinge. Du kannst ihn nicht auf Schritt und Tritt begleiten; aber was wir tun können, das soll geschehen, daß er bewahrt werde. Er muß vor allem ein gutes, reines Familienleben in seinem Elternhause vorfinden, auch muß die Freude am Guten und Edlen in ihm geweckt und gepflegt werden. Im übrigen kann ich auch heute nichts Besseres tun, als dich an die ausgebreiteten Flügel erinnern."

Am nächsten Tag aber war Herr Honeck doch zum Jugendamt gegangen und hatte gebeten, daß man die Verhältnisse der Familie Schmutzer prüfen möge, und auch mit dem Lehrer hatte er eine ernste Unterredung gehabt.

Frau Honeck hatte ihren neunjährigen Sohn mit hinaus an den Meeresstrand genommen und dort mit ihm eine der ernsten Mutterstunden erlebt, die ein Mensch, dem eine solche geschenkt wurde, nie im Leben vergessen kann.

Mit großen, staunenden Augen hatte Friedemann das Wunder des Werdens eines neuen, kleinen Menschenkindes vernommen, und als die Mutter ihm erzählt hatte, daß er unter ihrem Herzen fürsorglich behütet und geschützt dem Leben entgegengeschlummert hatte, da war er ihr plötzlich um den Hals gefallen: „Mutti, ich hab' dich schrecklich lieb!" Damals aber war es ihr klar geworden, daß das Christentum, das sie ihrem Sohn vorleben muß, entschieden und lebendig sein müßte. Nur so war es ihr möglich, bewahrend auf ihn einzuwirken.

Die dunkelste Zeit aber war doch der Krieg gewesen. Gleich in den ersten Tagen der Mobilmachung wurde Ernst Honeck zum Felddienst einberufen. War es damals nicht ähnlich gewesen, als sie mit ihrem neunjährigen Jungen auf dem Bahnhof stand und dem Zug nachsah, der den Gatten und Vater mit vielen andern davontrug zur Front in Feindesland? Da war es ihr auch, als habe man ein Grab gegraben, ihr Liebstes schien ihr verloren. Und er war wieder heimgekehrt. Aber heute? Hatte der Tod ihr nicht das Letzte geraubt? Jetzt konnte Frau Honeck es nicht verhüten, daß eine Träne auf ihre Handarbeit fiel. Friedemanns Gedanken waren wohl ähnliche Wege gegangen. Er schmiegte sich fest an die Mutter:

„Mutter, nicht wahr, wenn wir den Willen Gottes tun, werden wir Vater wiedersehen. Vater war ein Christ, er ist bestimmt im Himmel."

Nicht phrasenhaft, sondern aus einer kindlich-gläubigen Frömmigkeit kamen diese Worte. Da war es wieder das Kind, das ihr unbewußt zurechthalf. Ja, die Hoffnung auf ein Wiedersehen lebte. Selbst der Tod konnte sie nicht vernichten. Schwer, unsagbar schwer waren die vier Kriegsjahre gewesen. Vier Jahre zwischen Bangen und Hoffen. Das Kommen des Briefträgers hatte jedesmal Herzklopfen verursacht. Was bringt er für Nachricht? Dann aber war das Kriegsende gekommen. Allerdings ein anderes Ende als erwartet, aber es hatte doch den Vater heimgebracht. Es schmerzte Frau Honeck noch heute, wenn sie daran dachte, wie ihr Mann zurückgekehrt war. Früh gealtert, die Gesundheit zerrüttet und ohne Aussichten auf Verdienstmöglichkeit, denn wer konnte in dieser schweren, unruhigen Zeit ans Bauen denken? Aber wenn sie auch ihr kleines Vermögen verloren hatten und sie sich jetzt sehr einschränken mußten, sie hatten doch den Vater wieder. Sie waren wieder beisammen. Die herrliche Harmonie stand leuchtend und verklärend über der unbegreiflichen Dunkelheit jener Tage, und die Liebe war inniger und herzlicher denn je zuvor. Doch das Glück sollte nur ein kurzes Jahr anhalten. Die Grippe, eine bisher unbekannte Krankheit, tauchte auf. Sie griff wie ein unheimliches, grauenhaft mächtiges Gespenst um sich. Kaum gab es ein Haus, wo sie nicht nach Raub ausschaute. Der von dem furchtbaren Krieg geschwächte und nicht genügend widerstandsfähige Körper Ernst Honecks unterlag. Gestern hatte man ihn zur letzten Ruhe gebettet. Aber die Hoffnung auf ein Wiedersehen lebte. Sonst wäre es zum Verzweifeln gewesen. Hatte sie vier Jahre gehofft und gebangt, um ihn nun, wo sie sich endlich der Wiedervereinigung freuten, wieder hergeben zu müssen? Es war, als ob Frau Honeck nach innen horchte: „Ich gehe nach Hause zum Vater und dort erwarte ich euch." Das waren die letzten Worte des Sterbenden gewesen. Ein schwerer Seufzer verhallte in dem Abendfrieden.

„Ich glaube an ein Wiedersehen!" Sich und ihrem Kinde mußte sie es zum Trost sagen, und es war wie ein Abendsegen.

*

„Mutter, einen Wolfshunger bringe ich mit. Gibt's was Gutes?" Friedemann Honeck, der siebzehnjährige Lehrling, stürmte mit diesem Ausruf in die Küche, wo er seine Mutter, die er längst um Kopfeslänge überragte, herzlich begrüßte.

„Ja, Junge, der Tisch ist schon gedeckt, komm, trag die Kartoffeln ins Zimmer, ich bringe das Gemüse. Um alles in der Welt, Friedemann, du steckst ja den Ellenbogen durch den Ärmel." Ganz erschrocken blickte Frau Honeck auf die schadhafte Stelle an dem fadenscheinigen Anzug ihres Sohnes. Dieser besah sich das Unglück flüchtig und lachte. „Macht nichts, Mutter, die neueste Mode schreibt ärmellos vor, schneide sie einfach heraus." Der Mutter aber war es gar nicht zum Lachen. „Friedemann", meinte sie besorgt, „wie schaffe ich dir nur einen neuen Anzug? Du kannst wirklich so nicht länger ins Geschäft gehen." Sie hatten sich an den sauber gedeckten Tisch gesetzt, und die Mutter sprach das Tischgebet. Es war nur eine ganz einfache Mahlzeit. Frau Honeck aber verstand es, auch dem grauesten Alltag einen festlichen Anstrich zu geben. Stets war ein weißes Tuch über den Tisch gebreitet, und nie fehlten ein paar Blumen in der Vase.

„Fein hast du gekocht, Mutter", lobte Friedemann, „aber sag, machst du dir tatsächlich ernste Gedanken über den dummen Anzug? Es sieht beinahe so aus. Du hast doch sicher noch einen alten Flicklappen, den setzt du auf den Ärmel. Dann geht's wieder ganz gut. Solange ich nur sauber bin, sagt mein Chef nichts, und wenn ich vierhundert verschiedene Flicklappen auf dem Anzug hätte. Nein, Mutter, deswegen kein Schatten auf deinem Gesicht. Ha, wir lassen uns von dieser interessanten Inflationszeit nicht die Stimmung verderben. Es gibt grade genug Menschen, die unter der Last dieser Zeit fast zugrunde gehen. Übrigens meine ich, können wir, solange wir noch satt zu essen haben, nicht klagen, und bisher war unser Tisch noch immer gedeckt." Frau Honeck pflichtete ihm bei.

„Du hast recht, Friedemann, es geht uns hier in Pommern noch verhältnismäßig gut. Wir haben in nächster Nähe die großen Landgüter, auf denen immer noch etwas zu haben ist, und dann nicht zu vergessen die Vorteile, die wir Strandbewohner haben. Nie vorher haben wir den Fischfang so zu schätzen gewußt wie jetzt. In anderen Gegenden Deutschlands muß es viel schlimmer sein. Ich erhielt heute einen Brief von meiner Schulfreundin aus Berlin. Sie schrieb, es sei fast schlimmer als während des Krieges. Stundenlang stehen die Menschen in langen Schlangenlinien vor den Geschäften, um endlich etwas an Lebensmitteln zu bekommen. Vor Entkräftung und Unterernährung fallen Frauen und Mädchen auf der Straße um, und die Kindersterblichkeit ist erschreckend.“ Friedemann war bei den Worten der Mutter ernst geworden.

„Ist es nicht der reine Hohn, Mutter, wir alle haben erreicht, was wir in unsern kühnsten Träumen nicht zu hoffen gewagt haben: Wir sind Millionäre geworden. Dabei ist unser Geld so wertlos, daß wir die Banknoten im Einkaufskorb in die Geschäfte tragen müssen und dafür so viel Waren erhalten, daß sie im Geldbeutel Platz haben. Mutter, wir haben uns doch den Frieden anders vorgestellt! Weißt du noch, als es vor vier Jahren hieß, der Krieg sei beendet? Wie waren wir alle voller Friedenserwartungen, und wie ist die Wirklichkeit dagegen? Die Zeitungen berichten täglich von Unruhen und Aufständen im ganzen Lande. Die Zahl der Arbeitslosen wird immer größer. Die Untätigkeit macht die Leute charakterlos. Eine verbrecherische Sensation übertrifft die andere. Wo soll das enden? Es ist eine dunkle, unheilvolle Zeit.“

„Ja“, antwortete die Mutter, „gebe Gott, daß wir in dieser Dunkelheit nicht vom rechten Weg abirren. Doch, ich höre die Kirchturmuhr schlagen, es ist Zeit, mein Junge, du mußt gehen.“ Frau Honeck blickte ihrem Sohn nach, als er über die Straße eilte. Um zwei Uhr begann die Arbeitszeit im Geschäft. An der Ecke drehte er sich noch einmal um und winkte der Mutter zu. So war es jeden Mittag. Während Frau Honeck die Küchenarbeit besorgte, beschäftigten sich ihre Gedanken mit Friedemanns Zukunft. Es ist etwas Heiliges um die Gedankengänge eines Mutterherzens. Da tritt jeder eigene Wunsch zurück. Die Sehnsucht der Mutter wird gestillt im Glücke ihres Kindes. Frau

Honeck seufzte. Es war so nutzlos, Zukunftspläne zu machen. Hatte es wohl jemals eine so ungewisse, unsichere Zeit gegeben wie die augenblickliche? Das „Heute" warf das „Gestern" vollständig um, und morgen war das „Heute" bereits veraltet und wertlos. Wo gab es in dieser bedrückenden Zeit überhaupt noch Werte? Seit dem schrecklichen Kriege schien ein ständiges Abwärtsgleiten Bestimmung zu sein. Wie lange mochte diese entsetzliche Inflation noch dauern? Nur zu richtig hatte Friedemann im Blick auf die Zukunft empfunden! Frau Honeck dachte mit Stolz an ihren Sohn, und es war ein berechtigter Stolz. Seit ihres Mannes Tod war der Junge ihr zur Seite gestanden, nicht wie ein Kind, sondern fast wie ein lebensreifer Mann. Dabei war er nicht altklug und selbstbewußt. Sein natürliches, frisches, unverdorbenes Wesen machte ihn überall beliebt. Und er verstand es, in diesen schweren, unheilvollen Tagen die zarte Mutter zu ermutigen und zu trösten. Wo andere junge Leute seines Alters ihrem Unmut über mancherlei Entbehrungen, die die Not der Zeit ihnen aufzwang, durch flegelhaftes, launisches und mürrisches Wesen Luft machten, da brach sich sein sonnenvolles, heiteres Wesen immer Bahn. Er war ein Optimist. „Es wird schon wieder besser werden, das ist noch nicht das Schlimmste, wir finden schon noch einen Ausweg", so pflegte er die Mutter immer wieder aufzuheitern. Ja, der Junge war ihr Trost. Frau Honecks Wunsch, Friedemann studieren zu lassen, scheiterte an den Zeitverhältnissen. Die letzten Spargroschen waren durch die Inflation verlorengegangen. Friedemann hat recht, dachte Frau Honeck, wir sind Millionäre geworden und dabei doch bettelarm. Aber es ging ihnen ja nicht allein so, sondern das ganze Volk litt unter diesen Zuständen. Als

Friedemann aus der Schule entlassen war, äußerte er den Wunsch, Buchhändler zu werden. Der Inhaber der größten Buchhandlung am Ort fand Gefallen an dem aufgeweckten, frischen Jungen mit dem klaren Blick und nahm ihn in die Lehre. Die Bücher wurden sein Element. Die steifen, mehr oder weniger geschmackvollen Einbände bargen für ihn nicht tote Buchstaben nur, nein, da war lauter Leben, das nur auf den Leser zu warten schien, um in ihm aufzuquellen und fortzuströmen. Die zahllosen Bände, von denen er täglich umgeben war, bedeuteten für ihn eine Welt unerschöpflichen Reichtums. Sein Chef hatte Freude an ihm und wurde dem vaterlosen Jungen ein helfender Freund. In den schwierigen Übergangsjahren konnte er ihm manchen guten Rat geben. Vor allem aber war er ihm ein Vorbild der Pflichttreue, der Wahrheit und der Gottesfurcht. Er sorgte dafür, daß manches gute Buch den Weg ins Rebenhäuschen fand. Eine stattliche Reihe wertvoller Werke hatte Friedemann sich bereits zulegen können, und es waren immer Feststunden, wenn er am Feierabend bei der Mutter saß und ihr aus diesen Büchern vorlas, während sie an einer Handarbeit stichelte. Frau Honeck versuchte nach dem Tode ihres Mannes für sich und den Jungen den Lebensunterhalt zu verdienen, indem sie Zimmer an Kurgäste vermietete und außerdem jungen Mädchen Handarbeitsstunden erteilte. Die Einnahmen waren allerdings gering, aber man hielt sich doch über Wasser. Alles aber ließ sich ertragen mit dem Bewußtsein, daß man gemeinsam trug und füreinander lebte. Und das war bei Mutter und Sohn im wahrsten Sinne des Wortes der Fall.

„Sie können stolz sein auf Ihren Sohn", hatte schon mancher aus ihrem Bekanntenkreis zu Frau Honeck gesagt.

„Heute ist ein solch bescheidener, höflicher junger Mensch etwas Seltenes."

Und doch war Friedemann ebenso wie andere junge Männer Versuchungen mancher Art ausgesetzt. — Rolf Schmutzer, der Freund seiner Kinderjahre, lebte noch immer mit den Seinen in Kolberg. Sein Vater war zwar etliche Jahre verschwunden gewesen — mit einem seiner Weiber —, wie Rolf Friedemann beiläufig erzählt hatte, war aber nach dem Krieg zu seiner Frau zurückgekehrt, als wäre nie derartiges vorgekommen. — Jetzt, nachdem Friedemann immer mehr die Kinderschuhe abstreifte, erkannte er, daß Rolfs Vater einmal ein befähigter Mann gewesen sein mußte, sichtlich ausgerüstet mit allerlei Gaben, die aber durch seinen Leichtsinn und den Hang zu einem liederlichen Leben völlig erstickt worden waren. In merkwürdiger Bindung hing Friedemann nach wie vor an Rolf, dem er als kleiner Junge Bruderschaft angetragen hatte — und dem er sich aus diesem Grunde, seiner gewissenhaften Art entsprechend, noch immer verpflichtet fühlte. Friedemann aber gewahrte auch mit Erschrecken, daß Rolf schon frühe begann, in den Fußstapfen seines Vaters zu gehen. Der an sich hübsche, aufgeweckte Junge hatte schon sehr bald eine Liebschaft, der im Laufe der Jahre verschiedene andere folgten, und prahlte, noch nicht achtzehnjährig, damit, daß er von seiner jetzigen Freundin alles haben könne, was er wolle. —

„Mensch, Friedemann", lachte er herausfordernd, als dieser ihn fragend ansah, „du siehst gerade aus, als glaubest du noch heute an den Klapperstorch." Und er beugte sich zu ihm, um ihm dezente Einzelheiten seiner Erlebnisse zuzuflüstern.

„Du bist ein Schuft!" empörte sich Friedemann und versetzte ihm einen harten Faustschlag auf die Brust, daß der andere zurücktaumelte. – „Ich begreife mich selbst nicht, daß ich dich noch immer meinen Freund nenne.“

„Ha!“ erwiderte Schmutzer in seiner oberflächlichen Art: „Es könnte die Zeit kommen, wo du noch froh um meine Freundschaft bist, du scheinheiliger Tugendspiegel.“

Von da an begann Friedemann Rolf zu meiden. Wieder fragte er sich beinahe schaudernd, wie es komme, daß er sich einesteils von diesem Menschen angezogen und dann wieder heftig abgestoßen fühle.

Die Geschehnisse der Zeit gingen nicht spurlos an Friedemann Honeck vorüber, im Gegenteil, er verfolgte mit dem Eifer und Interesse eines gesunden jungen Menschen die gewaltigen Ereignisse, aber es war etwas in ihm, das sich gegen alles Niedere, Gemeine und Ungerechte sträubte. In jener Zeit wogte es hin und her zwischen dem Alten und Bewährten einerseits und den neuzeitlichen Bestrebungen und Ideen andererseits. Schwächliche und haltlose Charaktere litten in Scharen Schiffbruch, und viele wußten in all den Wirren nicht mehr, wie und was die rechte Einstellung war. Statistische Berichte wiesen erschreckende Zahlen auf von solchen, die aus der Kirche ausgetreten waren. Das Freidenkertum nahm bedenkliche Formen an. Eine Zeitlang zitterte Frau Honeck um ihren Sohn. Würde er seinen Weg finden in den Wirrnissen und Irrungen dieser Zeit, ohne daß seine Seele Schaden litt? Sie liebte es nicht, viel Worte von ihrem Christentum zu machen, aber sie lebte es aus. Die tägliche Andacht, das Tisch- und Abendgebet, die sonntäglichen Kirchgänge waren ihr nicht nur Form, sondern tiefes Bedürfnis. Ach, daß sie ihrem Sohn zu einem Christuserleben verhelfen könnte!

In jener Zeit hielt ein Schweizer Professor, ein Naturwissenschaftler, Vorträge in Kolberg, die außerordentlich gut besucht waren. Er sprach über das Thema: Die Wissenschaft und das Christentum. Friedemann besuchte diese Vorträge regelmäßig und kam immer sehr angeregt von denselben zurück. Er hatte auch Gelegenheit, den Professor, der oft in der großen Buchhandlung, in der Friedemann tätig war, verkehrte, persönlich kennenzulernen. Professor von Tavel wiederum fand Gefallen an dem intelligenten, aufmerksamen jungen Mann und regte manches wertvolle Gespräch mit ihm an. Er lud ihn auch einige Male zu sonntäglichen Ausflügen ein. Dabei lernte Friedemann den ernsten, lebenserfahrenen und klugen Mann als einen fröhlichen Menschen kennen, der sich ein überraschend kindliches Gemüt bewahrt hatte und sich an allem Schönen und Guten in übersprudelnder Lebhaftigkeit freuen konnte. Vor allem aber erlebte er ihn als einen bewußten, glaubensfrohen Christen, dessen innere Einstellung zu religiösen Fragen eine solche Selbstverständlichkeit war, wie Friedemann es glaubte noch bei keinem Menschen beobachtet zu haben. Fern von allen phrasenhaften Redensarten bewies er dem Aufhorchenden die Notwendigkeit einer persönlichen Verbindung mit Gott und erzählte von wunderbaren Führungen in seinem Leben, die es ihm einfach unmöglich machten, ohne dieses Verhältnis zu Gott sein zu können.

Als Friedemann ihn zögernd fragte, ob es denn nicht eine Anmaßung des Menschen sei, zu meinen, er dürfe Gott zu sich herabziehen und ihn mit dem Kleinkram seines Lebens belästigen, blickte er ihn lächelnd an und erwiderte: „Ja, junger Freund, das wäre es allerdings, wenn wir nicht Christus hätten. Durch ihn dürfen wir aber zu Gott ‚Unser

Vater' sagen. Dem vorausgehen muß jedoch unbedingt die Erkenntnis unserer Abhängigkeit von ihm und ein Bankrottwerden in uns selbst. – Der Mensch, der seinem eigenen, ungebeugten Ich einen Thron in seinem Innern aufrichtet, findet kein Verhältnis zu Gott, der, wie uns die Heilige Schrift sagt, ohne Christus nicht zu erreichen ist. – Verstandesmäßig kann man das allerdings nicht erfassen – das muß eben geglaubt werden. – Die daraus entstehenden Lebensveränderungen und Folgen sind aber so offensichtlich und so klare und unzweideutige Beweise, daß auch für den Skeptiker und Verneiner, der diese bei wahren Christen beobachtet, kein Zweifel mehr möglich sein kann – das heißt, wenn er ehrlich ist. – Man kann sich natürlich auch dagegen sträuben, etwas zu sehen und zu erkennen." –

Als die Reihe der Vorträge beendet war und Professor von Tavel wieder in die Schweiz zurückkehrte, war dieses für Friedemann ein schmerzlicher Verlust, jedoch hatte diese Zeit in ihm manches zur Reife und Entscheidung gebracht, was die Mutter schon längst in ihrem Herzen herbeigesehnt hatte.

Damals hatten Mutter und Sohn eines Tages, wie sie es so gerne taten, einen Feierabendspaziergang unternommen. Oft kam Friedemann aus dem Geschäft und rief der Mutter schon von weitem entgegen: „Wie ist's mit einem schönen Weg, Mutter?" Das Wertvolle bei diesen Wegen war der gegenseitige Gedankenaustausch. Arm in Arm gingen die beiden, sie besprachen die großen und kleinen Fragen ihres Lebens und fühlten mit tiefer innerer Freude die harmonische Verbindung von Herz zu Herz. Es war ein ideales Verhältnis zwischen beiden. An jenem Abend hatten sie ihre Schritte zum Meeresstrande gelenkt. Vom Rebenhäuschen bis zu den Dünen hatte man kaum zehn Minuten zu gehen. Da lag es vor ihnen wie ein überirdisches Geheimnis: das unübersehbare, gewaltige Meer, das unschätzbare Werte in seinen Tiefen barg. Hunderte Male hatten sie schon so gestanden und sich nicht satt sehen können an dem wechselvollen Spiel der Wogen, und doch war es immer wieder ein neuer, großer und überwältigender Anblick. Wie in Anbetung faltete Frau Honeck die Hände und unwillkürlich drängten sich ihr die Worte des 93. Psalms auf die Lippen: „Die Wasserwogen im Meer sind groß und brausen mächtig; der Herr aber ist noch größer in der Höhe", und zu Friedemann gewandt fuhr sie fort: „Was ist doch das Menschenleben mit seiner Lust und seinem Leid gegenüber der Macht und Herrlichkeit unseres großen Gottes."

Friedemann blickte hinaus in die Gottesherrlichkeit, die sich vor ihnen ausbreitete, und dann kam es wie ein Bekenntnis über seine Lippen: „Mutter — ihr beide, Vater und du, habt es mir leicht gemacht, durch euer Vorbild, die rechte Entscheidung zu treffen!" Frau Honecks Augen füllten sich mit Tränen. Ein tiefer Dank erfüllte ihr Herz. Sie wußte, ihr Junge würde seinen Weg finden.

Die Wirrnisse jener unheilvollen Zeit wurden von Tag zu Tag undurchdringlicher. Verzweiflung und Hoffnungslosigkeit nahmen überhand und raubten vielen jeglichen Lebensmut. Erschreckend war die Zahl derer, die einen Ausweg aus diesem Dunkel suchten, indem sie Selbstmord verübten. Aus vielen Schulen wurde die Religionsstunde verbannt. Daß unter solchen Verhältnissen Gottlosigkeit und frivoles Wesen überhand nahmen, war nicht zu verwundern. Das Volk zersplitterte sich in unzählige Parteien, und einer sah in dem anderen nicht den Bruder und Volksgenossen, sondern den Feind. Wiederholt kam es zu blutigen Aufständen, bei denen manch einer sein Leben lassen mußte.

Friedemann Honeck hatte seine Freistunden schon als kleiner Knabe, wie die anderen Kinder der Stadt, am Strande zugebracht. Das Wasser war ihm ein vertrautes Element. Im Schwimmen übertraf ihn so schnell keiner seiner Alterskameraden. Mit einigen alten Seefahrern hatte er sich angefreundet, als er kaum fünf Jahre alt war. Die sturmerprobten Männer hatten Gefallen an dem kleinen Bürschchen, das ihnen die wunderlichsten Fragen stellte und sie dabei aus seinen klaren, tiefen Kinderaugen treuherzig anblickte. Es kam den alten Seebären gewöhnlich nicht darauf an, grobe und derbe Ausdrücke zu gebrauchen, aber es war merkwürdig, wenn der kleine Friedemann bei ihnen stand, hörten sie auf zu fluchen. Es war, als ob sie sich scheuten, vor der Kindesseele irgendein unschönes Wort auszusprechen. Einmal hatte Friedemann jemand, ergriffen von der gewaltigen Schönheit des Meeres, sagen hören, es müsse der Lieblingsaufenthalt Gottes sein. Da hatte der Knabe in schweigender Erwartung lange hinausgeblickt in die Unendlichkeit der Meereswogen, und als er das nächstemal seine alten Freunde, die Fischer, traf, hatte er sie förmlich bestürmt.

„Seid Ihr dem lieben Gott begegnet auf dem Meer?" Sie hatten den Kleinen erstaunt angesehen. Die meisten von ihnen waren jahrelang als Seefahrer auf allen möglichen Schiffen draußen gewesen. Sie hatten ferne Länder kennengelernt, kannten das Meer, bei Sonnenschein und Sturm, ja manche hatten die schrecklichsten Katastrophen miterlebt, aber Gott begegnet? Draußen auf dem Meer? Diese seltsame Frage des Kindes bewegte sie mehr, als sie zugaben.

Hildebrandt, der älteste unter ihnen, nickte mit dem Kopf; und mehr zu sich selbst, als zu dem Kind sprach er: „In manchem Sturm und in mancher Stille hätten wir wohl Gelegenheit gehabt, ihm zu begegnen, aber wir waren leider meistens zu sehr beschäftigt, um ihn zu erkennen. Jetzt sind wir alt und können nichts mehr tun als auf den Fischfang ziehen. Heute ahnen wir schon mehr, wie notwendig es ist, Gott zu begegnen, und unsere alten, müden Augen schauen öfters nach ihm aus, weil wir wissen, wir haben wohl nur noch eine kurze Strecke Weges zurückzulegen."

Friedemann hatte ihm still zugehört. Alles hatte er nicht begriffen, was der Alte gesagt, aber es schien ihm doch möglich, daß Vater Hildebrandt noch dem lieben Gott begegnen könne, und er bat in kindlicher Einfalt: „Du, Vater Hildebrandt, nicht wahr, du vergißt es nicht, mir zu sagen, wenn du ihm begegnet bist." — Da hatte der rauhe Seemann den Kleinen an sich gezogen und ihn gestreichelt: „O du Kind, du frommes Kind!"

Als Friedemann größer geworden war, hatte er sich mächtig für den Fischfang interessiert. Gewöhnlich fuhren die Fischer des Nachts hinaus und kehrten am andern Morgen mit reicher Beute heim. Dann lagen Hunderte von Flundern und anderen Fischen in den Kuttern, und Friedemann versuchte selbst mit Hand anzulegen, indem er die Fische auslud und in die Fässer warf, in denen sie zu den Räuchereien transportiert wurden.

So hielt die Freundschaft der alten Fischer mit Friedemann Honeck an. — Später war es sein sehnlichster Wunsch, einmal mit hinausfahren zu dürfen und einen solchen nächtlichen Fischfang mitzuerleben. Frau Honeck hatte zuerst gezögert, die Erlaubnis zu geben. Eine derartige Fahrt war doch nicht gefahrlos. Es schien ihr ein Wagnis, den damals zwölfjährigen Friedemann mitfahren zu lassen. Aber der Junge hatte so sehr gebeten, und der alte Hildebrandt hoch und teuer versprochen, auf ihn zu achten, als wäre es sein eigener Sohn, und so hatte sie schließlich nachgegeben. — Im Abendschein der sinkenden Sonne waren die Segelkutter abgefahren. Wie ein glutroter Ball senkte sich die Sonne ins Meer. Frau Honeck stand am Strand und blickte den Kuttern nach. Es war ein märchenhaft schöner Anblick. Immer weiter entfernten sich die Boote, bis sie schließlich nur noch wie Silhouetten am Horizont erschienen, und jetzt, jetzt waren sie ganz verschwunden. Frau Honeck stand noch eine ganze Weile und blickte traumverloren in die Ferne. War es ein Zukunftsbild, das sie sah? Es war ihr plötzlich, als wäre das Leben mit diesem weiten Meer zu vergleichen und irgendeine Macht habe ihr das Kind vom Mutterherzen weggerissen und entführt, sie sieht es entgleiten, immer weiter, immer weiter, bis es zuletzt nur noch wie ein dunkler Punkt in der Ferne zu erkennen ist. Und plötzlich spürt sie, wie ein tiefer Schmerz durch ihre Seele zieht. „O Gott", betet sie angstvoll, „laß es nie dahin kommen, daß mein Kind sich mir entfremdet." Dann aber muß sie beinahe über ihr törichtes Bangen lächeln. Friedemann — und ihr fremd werden? — Und sie wendet den Schritt und geht ruhig nach Hause.

Der Junge aber kehrte begeistert von der nächtlichen Fahrt zurück. „Mutter, das war ein Erlebnis!" Und sie lächelte ihrem Kinde zu. Glückliche Jugend mit dem Hunger nach Erlebnissen.

*

Wieder ein Feierabend im Rebenhäuschen. Mutter und Sohn saßen im trauten Schein der Lampe beisammen. Friedemann las in einem Buche: Aussprüche großer Männer. Jetzt wandte er sich an die Mutter: „Hör einmal, was Luther sagt: ‚Gott ist im geringsten Baumblättlein und im schönen Auge jeglicher Kreatur', und ich möchte hinzufügen, besonders aber in der gewaltigen Schönheit des Meeres. Es stimmt, was vor Jahren jener Mann sagte, das Meer müsse der Lieblingsaufenthalt Gottes sein. Ich war heute mittag schnell am Strand, es ist einfach überwältigend. Ich glaube, wenn ich hundert Jahre alt würde und jeden Tag das Meer sehen könnte, dieser Anblick wäre immer wieder neu und berauschend für mich."

„Ja", erwiderte Frau Honeck, „mir würde es auch so gehen, aber es gibt Menschen, die, so unbegreiflich es auch erscheinen mag, kein Verständnis haben für diese Beweise göttlichen Daseins."

„Übrigens meinte Hildebrandt, den ich heute traf, es sei Sturm zu erwarten –, doch was ist das? Mutter, hör doch." Friedemann war aufgesprungen und hatte das Fenster aufgerissen. Die Mutter trat an seine Seite.

„Glockenläuten um diese Zeit? Junge, das ist Sturmläuten."

Sie horchten einen Augenblick hinaus. Plötzlich mischte sich in das Läuten der Kirchenglocken ein langgezogenes, sirenenhaftes Heulen. „Das Nebelhorn vom Leuchtturm, da ist ein Schiff in Not, und jetzt, hörst du's, Schüsse vom Strande her. Mutter, ich geh, vielleicht kann ich helfen."

„Ich begleite dich", sagte Frau Honeck, schlüpfte in ihren alten Lodenmantel und eilte mit ihrem Sohn dem Strande zu.

Es war ein kühler Herbstabend. Aus dem leisen Wind

war ein heftiger Sturm geworden, der pfeifend und heulend durch die Lüfte brauste und an den Bäumen rüttelte. Auf den schon still gewordenen Straßen wurde es lebendig. Aus allen Häusern eilten die Bewohner Kolbergs dem Strande zu. Fremdenverkehr gab es um diese Zeit nur vereinzelt. Leer und kalt lag der Frühkonzertplatz da, die Bäume schon halb entblättert, die Rosen verblüht. Der Pavillon, aus dem während der Saison frohe Weisen schallten, war mit Brettern zugenagelt, um ihn gegen die kommenden Winterstürme zu schützen. Klagend und wimmernd läutete die Glocke vom Kirchturm. Unheimlich schrie das Nebelhorn in den herbstlichen Abend. Schiff in Not! Menschen in Not!

Am Strande versammelten sich die aufgeregten Bewohner der Stadt und überhäuften einige der Fischer und Seeleute mit neugierigen oder teilnehmenden Fragen. „Was ist passiert? — Wo ist ein Schiff in Not? — Sind Menschenleben in Gefahr?“ — Die Rettungsmannschaft aber hatte nicht Zeit, auf eine Unterhaltung einzugehen. Zielbewußt und tatkräftig schleppten die Männer die nötigen Gerätschaften zu den Rettungsbooten. Der Sturm peitschte meterhohe Wogen heran, die mit donnerähnlichem Getöse krachend am Strande zerschellten. Ruhige, aber zielbewußte Kommandorufe schallten von den Rettungsbooten herüber. Der alte Hildebrandt hatte die Führung übernommen. In dem Augenblick, wo das erste Rettungsboot sich in Bewegung setzte, gellte ein lauter Schrei aus aller Mund über den Strand. Weit hinten im Meer war eine Feuerlohe zum Himmel emporgestiegen. Da — wieder eine. Ein brennendes Schiff! „Gott sei ihnen gnädig!“ Lauter heulte der Sturm, den die Sirene des Leuchtturms vergeblich zu übertönen suchte. Frauen am Strande schrien angstvoll auf, Kinder weinten und die zurückgebliebenen Männer standen voll banger Erwartung in Gruppen zusammen. Wird das Rettungswerk gelingen? Kann sich das Schiff so lange halten, bis die Rettungsboote dort sind? — Wieder schießt eine Feuergarbe in den nächtlichen Himmel. Eine qualvolle Unruhe bemächtigt sich der Wartenden am Strande. Sie meinen helfen zu müssen, ihre Hände sind ausgestreckt, als wollten sie das brennende Schiff an Land ziehen. — Hin und her laufen die Männer. Menschen in Not! Menschen, die vielleicht in diesem Augenblick dem Tod ins Angesicht sehen. Helfen können, helfen können. Unter den Männern steht der greise Pfarrer. Sein Haupt ist unbedeckt, der Sturm wühlt in seinem weißen Haar. Auch er blickt mit brennenden Augen hinaus auf die See, wo jetzt der unheimliche Feuerschein immer größer wird, die Unglücksstelle immer mehr hervorhebend. Da wendet der Geistliche sich den Umstehenden zu: „Wir wollen beten!"

Die Männer entblößen ihre Häupter, einige Frauen sinken in die Knie, Kinder halten sich angstvoll umschlungen —, und nun steigt es wie eine brausende Woge zum Himmel empor: „Vater unser, der du bist im Himmel."

Religion — Volksverdummungslehre? Wo sind in diesem Augenblick die Frevler, die Spötter, die Gottesverneiner?

„Und vergib uns unsere Schuld, wie auch wir vergeben unseren Schuldigern."

Der alte Pfarrer blickt um sich. Wie hat er in den letzten Zeiten um seine Herde gebangt. Der Gifthauch des Freidenkertums war auch über sein pommersches Städtchen am Meeresstrand gezogen — die Kirchenstühle waren längst nicht mehr alle besetzt, seine Herde war in Gefahr, sich zu zerstreuen.

Gottlob, sie beteten, alle, ohne Ausnahme stimmten sie mit ein: „Sondern erlöse uns von dem Übel, denn dein ist das Reich und die Kraft und die Herrlichkeit in Ewigkeit! Amen!"

„Sie beten", flüsterte der alte Pfarrer, „sie beten, Herrgott, verstoße sie nicht, habe Geduld mit ihnen!"

Unter den Betenden stand auch Frau Honeck. Ihre Lippen bewegten sich nicht, aber ihr Herz schrie zu Gott. Auch sie litt mit denen, die da draußen in Not waren und vielleicht jetzt die letzten Augenblicke ihres Daseins durchlebten. Gewiß war da manch einer Mutter Sohn in Not. „Hilf, o Gott", flehte sie. Ihr Auge versuchte das nächtliche Dunkel zu durchdringen. War denn noch immer keines der zurückkehrenden Rettungsboote zu sehen? — Als der alte Hildebrandt sein Boot fahrbereit gemacht hatte, war Friedemann zu ihm getreten. „Vater Hildebrandt, nehmt mich mit, laßt mich helfen", und der Alte hatte genickt. Er wußte, sein junger Freund würde ihm nicht hindernd im Wege stehen, sondern tatkräftig mit anfassen. Frau Honeck hatte Friedemann im ersten Augenblick zurückhalten wollen, aber dann ließ sie ihre Hände sinken. Nein, sie hatte kein Recht, diese jugendliche Tatkraft und Hilfsbereitschaft zu hemmen. Hier hieß es für die Mutter mit ihrem Bangen und Sorgen zurückstehen. „Geh mit Gott, mein Junge", sagte sie tapfer und küßte ihn rasch auf die Stirne. Und nun meinte ihr Mutterauge, die sich überstürzenden, sturmgepeitschten Wogen durchdringen zu müssen. Jedes neue Ausholen des Sturmes traf ihr Herz. „O Gott, bring mir mein Kind zurück."

„Vater unser, der du bist im Himmel." Die angsterfüllten, bange wartenden Strandbewohner suchten aufs neue Zuflucht im Gebet.

Da — ein einziger Aufschrei. Ein Rettungsboot wird sichtbar und dort noch eins — und noch eins.

Sie drängen ins Wasser, die betenden, bangenden Männer und Frauen, und meinen helfen zu können durch ihre Zurufe. —

Sie kommen!

In dem Augenblick, wo man die ersten Schiffbrüchigen an Land trägt, stürzt das ausgebrannte Schiff in sich zusammen. Der Feuerschein verlöscht. Der Sturm, der die Flammen wie auf Flügeln über das ganze Schiff getragen hatte, daß sie sich in schreckhafter Eile darüber ausbreiteten, hatte dieses rasche Verenden verursacht. Nun war es dahin. Einige hundert Hände aber streckten sich an Land nach den Geretteten aus. Jeder wollte helfen, jeder seinen guten Willen zeigen. Die tapferen Seemänner aber wurden mit begeisterten Zurufen empfangen. Sie hatten ihr Leben gewagt zur Rettung anderer. Aber jetzt war keine Zeit zu verlieren. Bis auf den Schiffskapitän und den Heizer waren alle gerettet worden. Nun hieß es, die teils ohnmächtigen, vollständig durchnäßten Schiffbrüchigen unterzubringen. Weinen, Stöhnen und Seufzen der zu Tode Erschöpften vermischte sich mit dem Heulen des Sturmes. Die Strandbewohner aber traten in Scharen hervor und erklärten sich bereit, die Verunglückten bei sich aufzunehmen.

Frau Honeck hatte ihren Sohn mit Freudentränen in den Augen in die Arme geschlossen. — Wie sah der Junge aus? Das Rettungswerk mußte ihn körperlich und auch seelisch gewaltig mitgenommen haben. „Mutter, laß uns auch jemand von diesen Unglücklichen mitnehmen“, bat er, „in unserem Häuschen ist Platz. Sieh hier diese Frau, ich glaube, sie ist schwer krank.“ Man hatte eine ohnmächtige Frau in mittleren Jahren auf den Sand gelegt. Frau Honeck beugte sich zu ihr herab. Ein junges Mädchen kniete neben der Bewußtlosen und streichelte deren totenblasses Gesicht, während unaufhaltsam Tränen über seine Wangen rannen.

„Ist es deine Mutter?" fragte Frau Honeck. Das Mädchen nickte. Inzwischen hatte man verschiedene Stärkungsmittel herzugebracht, die man nun den völlig Ermatteten einflößte. Friedemann bemühte sich, auch für die Mutter des jungen Mädchens etwas zu bekommen. Nach vieler Mühe gelang es, sie zum Bewußtsein zu bringen. Mit weit geöffneten, angsterfüllten Augen blickte sie um sich, bis sie ihre Tochter entdeckte. „Evi, jetzt ist alles – verloren", flüsterte sie mühsam. Man flößte ihr Wein ein, und nach und nach kehrten die Kräfte zurück. Frau Honeck legte den Arm um die verzweifelte Frau und versuchte ihr zuzureden.

„Kommen Sie mit in unser Haus, Sie brauchen jetzt Ruhe. Sie dürfen nicht verzweifeln, sicher wird alles wieder gut. Komm, Kind", wandte sie sich an das junge Mädchen, „versuche deine Mutter zu stützen, oder nein, du bist ja selbst am Zusammenbrechen, stütze dich auf meinen rechten Arm, während Friedemann und ich deine Mutter führen."

Und tatkräftig gingen die beiden ans Werk. Nur langsam ging es vorwärts. Wiederholt schien die entkräftete Frau zusammenbrechen zu wollen. Angstvoll versuchte dann das junge Mädchen ihr zuzureden: „Mutti, noch ein kleines Stückchen, sicher sind wir bald da." Die Kranke aber wiederholte immer dieselben verzweifelten Worte: „Alles verloren – alles verloren!"

Endlich war man in der Brunnenstraße angelangt. Friedemann ging in die Küche, um ein einfaches Abendbrot zu bereiten, während die Mutter die Erschöpften entkleidete und fürsorglich in eins der Gastzimmer bettete. Als Friedemann an die Türe klopfte und den Tee brachte, schliefen beide schon fest. „Gott sei Dank", flüsterte die Mutter, „auch der Schlaf ist ein Gottesgeschenk."

Noch lange saßen Mutter und Sohn an diesem Abend im Wohnzimmer beieinander. Die Ereignisse der letzten Stunden waren zu gewaltig, als daß sie gleich Ruhe gefunden hätten. Friedemann erzählte von den Rettungsversuchen.

„Es war entsetzlich, Mutter, der Sturm heulte, die Wellen schienen unser Boot verschlingen zu wollen, wir näherten uns aber doch dem brennenden Schiff. Furchtbar waren die Verzweiflungsschreie der Passagiere. Verschiedene waren ins Wasser gesprungen, um vor den sengenden Flammen Schutz zu suchen und kämpften hier um ihr Leben. Das ganze Schreckensbild erglühte in der unheimlichen Beleuchtung der Feuersbrunst. Dazu krachte es im Gebälk des Schiffes bedenklich, so daß wir uns nur ganz vorsichtig heranwagen durften. Und doch, Mutter, alle gerettet, bis auf die beiden tapferen Männer, die das Schiff nicht verlassen wollten, ehe der Letzte geborgen war. — Mutter, da habe ich gereifte Männer wie Kinder weinen sehen und viele haben zu Gott geschrien in Todesfurcht und Grauen. So etwas ist unvergeßlich. Die Rückfahrt war furchtbar. Das Boot überfüllt. Die Leute fast wahnsinnig durch die überstandene Angst, entweder in den Flammen oder im Wasser umzukommen. Einige Male dachte ich, das Boot würde kippen, aber wir kamen trotz aller Schwierigkeiten dem Strande immer näher. Und weißt du, was wunderbar war? Der Leuchtturm sandte in gleichmäßigen Abständen sein Licht auf das Meer, unser Leuchtturm, Mutter, das war wie ein Winken, wie ein Grüßen aus der Heimat: ‚Haltet aus, verzweifelt nicht, hier ist der Strand, fester Boden, Heimat, Schutz, Geborgensein.' Wohl tobten die Wellen noch immer um uns. Der Sturm heulte und hinter uns brach das kostbare Schiff zusammen, aber da war der Leuchtturm, das Licht der Heimat. – Mutter, wie oft bin ich an diesem alten Turm vorbeigegangen, aber erst heute nacht habe ich ihn und sein Licht schätzengelernt, da draußen in der Not, im Sturm auf hoher See, ich möchte sagen als Schiffbrüchiger."

Friedemann schwieg. Er hatte seinen starken Gefühlen Ausdruck geben müssen. Die Mutter aber saß mit gefalteten Händen da und flüsterte: „Ja, Gott erleben, Gott begegnen auf stürmischem Meer."

*

Eva Maria Seeborg stand am Fenster des Gaststübchens im Rebenhäuschen. Wohl hatte das gewaltige Erlebnis der letzten Nacht Spuren auf ihrem Gesicht hinterlassen, aber sie fühlte sich doch erfrischt durch die Stunden der Ruhe, die hinter ihr lagen. Die Hände auf das Fensterbrett gestützt, blickte sie hinaus auf die Straße. Es war ein herbstlich schönes Bild, das sich ihren Augen bot. Die Blätter der Akazien, die zu beiden Seiten die Brunnenstraße einrahmten, leuchteten in allen Farben, besonders jetzt, wo ein heller Sonnenstrahl durch die Wolken brach und ihnen einen goldenen Schimmer verlieh, aber das junge Mädchen schien nichts von dieser Schönheit wahrzunehmen. Wenn auch der Sturm der gestrigen Nacht sich ausgetobt hatte, in ihrem Herzen wütete es weiter. Wie eine Zentnerlast lag es auf ihr. Hatten die vergangenen Jahre nicht genug Leid gebracht? Mußte nun auch noch diese entsetzliche Katastrophe über sie hereinbrechen? Wahrlich, die Mutter hatte recht, sie hatten alles verloren. Ja, die Mutter! Eva Maria trat leise an das Bett, wo Frau Seeborg in todähnlichem Schlafe lag. Wie elend sie aussah. Dunkle, tiefe Ränder umrahmten die geschlossenen Augen. Scharfe Falten auf der Stirne und um den Mund sprachen von Not und Sorgen. — Eva hatte sich so leise wie nur möglich angekleidet, um den Schlaf der Mutter nicht zu stören; wie nötig bedurfte sie der Ruhe nach all den Entbehrungs- und Unruhzeiten, die hinter ihr lagen, besonders aber nach der schreckensvollen letzten Nacht.

Als sich Eva Maria jetzt still über die schlafende Mutter beugte, war es ihr plötzlich, als griffe eine unsichtbare Hand nach ihrem Herzen. Ein heißer Schmerz durchzuckte sie mit der Gewißheit: die Mutter wird nicht mehr genesen. Nur mühsam vermochte sie ein heftiges Schluchzen zu unterdrücken. Sie sah es, die Mutter war sterbenskrank. Was sollte werden, hier an fremdem Ort, bei gänzlich unbekannten Menschen?

„Mutter“, leise streichelte sie die blassen Hände der Kranken, und jetzt konnte sie es nicht verhindern, daß heiße Tränen darauf fielen. „Mutti, meine Mutti, du darfst mich doch nicht verlassen.“

Kurze Zeit später trat Frau Honeck in das Stübchen. Herzlich begrüßte sie das junge Mädchen. „Du bist schon aufgestanden? Ich wollte euch recht lange schlafen lassen, damit ihr euch wenigstens ein wenig erholt von den ausgestandenen Ängsten. — Ach sieh, die Mutter schläft noch, das ist recht, wir wollen sie auch nicht wecken. Du aber komm mit mir ins Wohnzimmer. Du wirst hungrig sein.“ Liebevoll nahm sie das junge Mädchen bei der Hand und führte es zu dem sauber gedeckten Frühstückstisch.

„Eigentlich ist es eine Dreistigkeit von mir, einfach ‚du' zu dir zu sagen", fuhr sie fort, „du bist schon bald eine junge Dame und sicher alt genug, um Anspruch auf das Wörtchen ‚Sie' zu erheben, aber als ich dich in dieser Nacht so verzweifelt sah, da war es mir gleich, als müsse ich das hilflose Kind an mein Herz ziehen –, und ich konnte nicht anders, als dich in dieser vertrauten Weise anreden." Eva Maria hatte die mütterlichen Worte der gütigen Frau als eine Wohltat empfunden. Einer inneren Eingebung folgend, reichte sie ihr die Hand. „Ich danke Ihnen für Ihre Liebe. Bitte sagen Sie nur ‚du' zu mir, ich bin ja auch eben erst sechzehn Jahre alt geworden."

„Und Eva heißt du, nicht wahr? Ich hörte deine Mutter dich so nennen."

„Ja, Eva Maria Seeborg."

„Nun mußt du aber zugreifen, ich habe bereits wie gewohnt um sieben Uhr mit meinem Sohn das Morgenessen eingenommen. Jetzt ist er im Geschäft."

Frau Honeck strich dem jungen Mädchen einige Brötchen, goß ihr den heißen, duftenden Kakao ein und bediente sie in besorgter Weise. „War der junge Mann, der uns gestern hierherbrachte, Ihr Sohn?" fragte Eva. „Er war einer der Tapfersten im Rettungsboot. Meine arme Mutter war auf dem brennenden Schiff ohnmächtig geworden. Die Rettungsboote waren schon überfüllt. Da entdeckte er uns, und als er sah, daß ich zu schwach war, um Mutti zu tragen, verließ er das Boot, kletterte noch einmal hinauf und trug die Mutter hinunter. Wenn sie auch nicht schwer ist, so war es doch eine mühsame Arbeit. Wir sind ihm viel Dank schuldig."

Die Kinder unserer Zeit sind keine rechten Kinder mehr, dachte Frau Honeck, während sie das junge Mädchen betrachtete. Sie haben zu früh den Ernst des Lebens kennengelernt. Welch dunkle Leidenswege hat sie wohl schon beschreiten müssen. Die blauen Augen sind wohl klar und sprechen von einer unberührten, sauberen Jugend, aber da liegt etwas wie eine heimliche Last, ja fast Schwermütiges. Armes Kind! Liebevoll ruhte Frau Honecks Blick auf ihrem jungen Gast. Eva Maria Seeborg war ein schönes Mädchen. Reiches goldblondes Haar und zwei lange blonde Zöpfe umrahmten ein zartes, edles Gesicht. Frau Honeck betrachtete die wohlgeformten Hände und fragte sich, in welchen Kreisen das junge Mädchen wohl groß geworden sei. Schwere Arbeit schien es kaum geleistet zu haben. Es war, als ob Eva Maria die Gedanken ihrer Gastgeberin erraten hätte.

„Sie wollen gewiß gerne wissen, woher wir kommen und wer wir sind?" fragte sie.

„Nein", wehrte Frau Honeck, „du brauchst mir nichts zu sagen, ich kann ruhig warten, bis deine Mutter sich wohl genug fühlt, um mir mitzuteilen, was ich wissen soll. Jetzt seid ihr unsere Freunde, denen wir von Herzen gerne einen Dienst erweisen. In diesen Tagen der Not müssen wir alle zusammenhalten, sonst ist diese schwere Zeit unerträglich."

„Ja, zusammenhalten", wiederholte Eva aus tiefem Nachdenken heraus. „Aber ich will Ihnen jetzt erzählen. Es ist eigenartig, mir ist, als seien wir uns gar nicht fremd, ich habe ein solches Zutrauen zu Ihnen, daß ich Ihnen alles, alles sagen könnte. Wir kommen aus Stettin. Bis zum Kriegsausbruch war mein Vater dort der Leiter des Konservatoriums. Er war Künstler. Musik war sein Leben. Unvergeßlich sind mir die Abende im Elternhause, wo wir miteinander musizierten. Als ich fünf Jahre alt war, begann er, mich zu unterrichten. Als der Krieg kam, mußte Vater an die Front. Acht Tage später fiel er in Frankreich."

Das junge Mädchen hielt inne. Es war, als ob Eva jene Zeit noch einmal durchlebte. Ein Ausdruck tiefen Schmerzes erschien auf ihrem Gesicht. Frau Honeck schwieg; aber ihr feinfühlendes Frauenherz ging den Weg des Schmerzes mit dem Kinde an ihrer Seite, mehr noch verstand sie jetzt den Leidenszug auf dem Angesicht der Kranken im Nebenstübchen. Sie liebte diese Frau um ihrer Trübsal willen. Sie wußte, was es hieß, das Liebste zu verlieren.

„Mutter ging fast daran zugrunde", fuhr Eva fort. „Lange Zeit lebten wir in großer Angst um sie. Unsere allezeit fröhliche Mutter hatte das Lachen verlernt, ihre wundervolle Stimme, einst die Freude unseres Vaters, schien gebrochen. Nie wieder habe ich sie singen hören. Sie konnte sich nicht mehr aufrichten. Nur mühsam verrichtete sie ihre häuslichen Pflichten. Damals verlernten wir drei Geschwister das Spielen und Fröhlichsein. Wir hatten unseren Vater unendlich geliebt. – Wir mußten dann sehr sparen. Die schöne, große Wohnung gaben wir auf und begnügten uns mit einer sehr einfachen. Ach, wir hätten gerne noch größere Opfer gebracht, wenn wir nur unsere Mutter wieder froh gesehen hätten, aber sie wurde immer schwermütiger."

„Fand sie keinen Trost in Gott?" fragte Frau Honeck, tief ergriffen von der Schilderung des jungen Mädchens.

Da errötete Eva Maria und senkte die Lider. Ihre Stimme bebte, als sie antwortete: „Seit Vaters Tod haben wir nie mehr gebetet. Mutter konnte nicht mehr an Gott glauben. Sie erlaubte auch uns nicht mehr, zur Kirche zu gehen. Ihr Herz war bitter geworden."

Frau Honeck legte den Arm um das Mädchen. Sie fühlte, daß sie an eine Wunde gerührt hatte, und es tat ihr leid.

„Ich wollte dir nicht weh tun, Eva Maria."

Da schmiegte sich diese an die mütterliche Freundin und schluchzte: „Es war so schwer dies alles, ach so schwer!"

Nun waren es wahrhaft Mutterhände, die den blonden Mädchenkopf immer wieder streichelten und die Weinende an ihr Herz zogen, bis diese sich beruhigt hatte. Frau Honeck wußte in diesem Augenblick, Gott selbst hatte ihr diese beiden Schiffbrüchigen ins Haus gesandt. Da hieß es eine Aufgabe zu erfüllen. – Armes Kind, was mußt du gelitten haben!

Eva Maria fuhr fort: „Wir sind drei Geschwister. Kurt, mein Bruder, wollte Arzt werden. Die Mittel reichten jedoch dazu nicht mehr aus. Jetzt arbeitet er seit zwei Jahren in einer Fabrik. Er bekommt ganz guten Lohn und meint, sich das Geld zum Studium zusammenarbeiten zu können. Er gibt die Hoffnung nicht auf. Aber mir scheint es so aussichtslos. Das Geld wird täglich mehr entwertet. Er verdient Millionen und hat kaum genug, um zu leben."

„Man spricht davon, daß die Inflationszeit bald ihren Höhepunkt und damit auch ihr Ende erreicht haben soll."

„O wie gut wäre das, dann würde es ihm vielleicht doch noch gelingen."

„Und was ist mit dem anderen Bruder, oder ist es eine Schwester?" fragte Frau Honeck.

„Eine Schwester! Elisabeth ist seit zwei Jahren in Danzig verheiratet und hat kürzlich ihr erstes Kindchen bekommen. Mutter hat ihr zur Hochzeit fast unsere ganze Wohnungseinrichtung geschenkt. Früher war es wohl so, daß die Töchter, die sich verheirateten, eine ganz neue Aussteuer von den Eltern bekamen, aber so etwas gibt es ja heute nicht mehr. Wenigstens Mutter konnte es nicht. Wir behalfen uns in Stettin mit einem Zimmer, und es ging ganz gut. Nun wollten wir Elisabeth besuchen und ihr kleines Söhnchen sehen. Ich war so froh über Mutters Freude an dem ersten Enkelchen und hoffte, die Reise und Abwechslung würden ihr gut tun. Seit einiger Zeit leidet sie auch unter heftigen Herzbeschwerden. Wir glaubten, daß vielleicht eine Luftveränderung wohltuend wäre – und nun diese schreckliche Schiffskatastrophe. Es war entsetzlich. Nie in meinem Leben werde ich die letzte Nacht vergessen. Und wie wird Elisabeth erschrocken sein, als man sie benachrichtigte. Vielleicht denkt sie, wir seien beide tot." Aus dem Nebenzimmer kam jetzt ein leises Geräusch. „Rief da nicht Mutter?"

Frau Honeck und Eva eilten hinüber. Die Kranke war soeben erwacht. Sie streckte die blassen Hände ihrer Gastgeberin entgegen. „Wie soll ich Ihnen danken, daß Sie uns aufgenommen und sich in solcher Liebe unserer angenommen haben?"

„Wir sind uns nicht fremd", unterbrach Frau Honeck. „Nichts verbindet mehr als das Leid. Auch wir haben solches kennengelernt."

Die Kranke schien in diesem Augenblick wieder von einer Welle der Schwermut erfaßt zu werden.

„Es wäre besser gewesen, die Rettung wäre nicht geglückt. Hätten uns die Meereswogen verschlungen, so wäre nun alles vorbei. Was soll uns noch dieses leere Leben?"

„Aber Mutti", flüsterte Eva Maria und schmiegte sich an die Kranke. „Wie kannst du nur so reden? Du mußt doch für uns leben. Wir alle brauchen dich noch. Kurt und Elisabeth mit ihrem Bübchen, und denkst du nicht an mich?"

Frau Seeborg antwortete mit einer müden Handbewegung. Frau Honeck war inzwischen hinausgegangen und brachte nun auf einem Tablett das Frühstück herein. Die Kranke aber nippte nur an den Speisen, und Frau Honeck sah, daß sie viel kränker war, als sie selbst ahnte.

So gingen acht Tage dahin. Eva Maria wich nicht vom Bett ihrer Mutter. Nur des Abends konnte Frau Honeck sie überreden, ein Stündchen an den Strand zu gehen, um frische Luft zu schöpfen. Friedemann begleitete das junge Mädchen auf diesen Gängen. Es war ihm etwas Neues, eine derartige Beschützerrolle zu übernehmen, aber er freute sich von Tag zu Tag mehr auf diese Abendgänge. Der Gedankenaustausch mit diesem ernsten, gereiften Mädchen war für ihn eine Quelle der Freude.

Inzwischen saß seine Mutter am Bett der Kranken und war sich bewußt, daß der Todesengel schon seine Schwingen über ihr ausgebreitet hatte. Ein ernstes Anliegen war es ihr, der so nahe an der Ewigkeitsschwelle Stehenden ein Wegweiser sein zu können. Aber das war eine unsagbar schwere Aufgabe. „Wo ist der Gott der Liebe?" fragte Frau Seeborg. „Ich habe an ihn geglaubt, ich habe mit meinem Mann und den Kindern zu ihm gebetet, warum zerschlägt er unser Glück? Warum stößt er uns in die hoffnungslosesten Abgründe des Leidens? Nein, es kann keinen Gott geben."

Frau Honeck fühlte sich einer solchen Aufgabe kaum gewachsen. Wie furchtbar war das. Sie selbst hatte gerade durch das Leid sich nur fester an Gott geklammert und in ihm Trost und Kraft zum Tragen gefunden, und diese Frau stieß die einzige Hilfe in ihrer Not von sich. Wie reich war sie doch dagegen. Und sie betete zu Gott, daß er ihr helfen möge, die rechten Worte zu finden.

„Ich verstehe Sie, Frau Seeborg, aber leiden wir nicht alle? Wie, wenn Gott es für nötig gefunden hätte, uns, unserm Volk, eine solche Zeit der Heimsuchung zu senden? Waren wir nicht allzu selbstsicher geworden? Vielleicht ist gerade das Leid eine Äußerung der Liebe Gottes! Müssen wir nicht auch unsere Kinder ermahnen, ja strafen, zur Zeit, da sie im Werden und Wachsen sind, wenn wir Gefahr für ihre Entwicklung sehen?"

So versuchte Frau Honeck unermüdlich, die Seele der verbitterten Frau zu wecken und ihr den rechten Weg zu weisen. „Weil Gott Sie liebt, hat er es nicht zugelassen, daß Sie auf dem brennenden Schiff elend zugrunde gingen."

Die Kranke sah Frau Honeck prüfend an. Welch seltsame Menschen fand sie hier am Ostseestrand. Wahrlich, auch hier war kein Überfluß, aber das wenige wurde freimütig mit den Fremden geteilt. Mit aufopfernder Liebe pflegte man sie. Und diese Frau war auch Witwe, hatte ebenso wie sie den geliebten Mann hergeben müssen, und dennoch glaubte sie weiter, glaubte und liebte, und hoffte auf eine neue Zeit, auf ein Wiedersehen mit dem Geliebten. Ach, wenn auch sie es könnte!

Frau Honeck gewahrte die leise Regung der Sehnsucht im Herzen der Kranken und sie wurde froh. Gott würde das weitere tun.

„Ich werde nicht mehr gesund", seufzte eines Tages Frau Seeborg. „Mir selbst hat das Leben nichts mehr zu bieten, aber meine Kinder, ich sorge mich um sie, besonders um Evi, sie ist noch so jung und so zartbesaitet. Sie wird unter rauhen Händen zerbrechen."

In dieser Nacht lag Frau Honeck schlaflos. Unaufhörlich beschäftigten sie die Worte der Kranken. Gegen Morgen stand sie auf und ging in das Stübchen ihres Sohnes, den sie weckte.

„Friedemann, ich muß mit dir sprechen. Es ist mir, als ob Gott uns einen Auftrag gegeben hätte. Frau Seeborg wird sterben, ich glaube, bald. Die Sorge um ihre jüngste Tochter liegt wie eine Last auf ihr. Wie denkst du darüber, wenn wir Eva Maria hier behielten und ihr eine Heimat böten? Ich bin bereit, ihr eine Mutter zu sein."

„Und ich will ihr von Herzen gerne ein Bruder sein", vollendete Friedemann den Satz. „Wenn dein Herz dich zu solchem Tun treibt, Mutter, dann zögere nicht, ich bin mit allem einverstanden, was du bestimmst."

Frau Honeck küßte ihren Jungen. „Ich wußte, daß du mich verstehen würdest."

„Immer, Mutter", lächelte er und legte sich auf die andere Seite, um noch eine Stunde zu schlafen.

Frau Honeck aber ging in das Gaststübchen. Sie fand die Kranke wachend. Die Sorge um die Zukunft ihrer Tochter ließ sie nicht schlafen. Frau Honeck beugte sich über sie. „Wäre es Ihnen eine Beruhigung, wenn Eva Maria bei uns eine Heimat fände? Ich habe mit meinem Sohn gesprochen und wir sind bereit, Ihrer Tochter einen warmen Platz in unserem Hause zu geben. Ich habe Eva lieb."

Auf den Wangen der Kranken zeigten sich zwei rote Flecken, ihr Atem ging stoßweise. „Sie wollten — Sie wollten?" — die Stimme versagte ihr. Plötzlich rannen Tränen über ihre eingefallenen Wangen, sie faltete die Hände. „Mein Gott, ich danke dir!" Kaum hörbar verhallten diese Worte in der Morgendämmerung, aber dieses erste Gebet nach langen Jahren erreichte das Herz Gottes.

Am nächsten Tag kamen die Kinder. Ein Telegramm

hatte sie an das Sterbebett der Mutter gerufen. Kurt, der Fabrikarbeiter, der für sein Studium arbeitete, Elisabeth mit ihrem Mann aus Danzig. Sie hatten trotz des unfreundlichen Herbstwetters ihr Bübchen mitgebracht, damit die Mutter es noch sehen könne. In tiefem Schmerz umstanden die Kinder ihr Bett. Die Schatten des Todes senkten sich immer tiefer auf die Sterbende. Da bat sie plötzlich: „Vaters Lied, Vaters Abendlied."

Hin und her sannen die Kinder. Wie lange war es her, daß sie nicht mehr musiziert und gesungen hatten, und Vater war jetzt mehr als acht Jahre tot. Vaters Lied? Plötzlich fiel es dem Sohne ein. Der Fabrikarbeiter setzte sich im Nebenzimmer ans Harmonium und war jetzt vollendeter Künstler. Wie Orgelspiel, zart und innig und doch in machtvoller Bestimmtheit tönte es herüber: „Wo findet die Seele die Heimat, die Ruh?" – Ja, das war Vaters Abendlied. Wenn sie miteinander musiziert und gesungen hatten, wenn das Haus erfüllt war von den Melodien großer Meister, wenn man der Kunst einen Altar aufgebaut hatte, dann konnte er sagen: Jetzt noch das Heimatlied zum Schluß. Und alle stimmten mit ein:

„Wo findet die Seele die Heimat, die Ruh?
Wer deckt sie mit schützenden Fittichen zu?
Ach, bietet die Welt keine Freistatt uns an,
wo Sünde nicht herrschen, nicht anfechten kann?
Nein, nein, nein, nein, hier ist sie nicht,
die Heimat der Seele ist droben im Licht."

Kurt Seeborg spielte der sterbenden Mutter das Heimatlied. Und nun nahm Eva Maria Friedemanns Geige. In wundervoller Harmonie verschmolzen die Töne ineinander. Es war der Kinder letzte Gabe an die Mutter. Und während sie spielten, lag die Mutter friedlich da. Elisabeth, die älteste, hielt ihre Hand, und sie vernahm ihre letzten Worte: „Die Heimat der Seele ist droben im Licht."

Eine schlichte, einfache Beerdigung war es, als man Frau Seeborg zur letzten Ruhe bettete. Ihren scheidenden Kindern aber sagte Frau Honeck: „Wenn es Euch zum Grabe Eurer Mutter zieht, so vergeßt nicht, daß ihr immer und zu jeder Zeit im Rebenhäuschen willkommen seid." Elisabeth antwortete: „Es wird uns oft ins Rebenhäuschen ziehen, an den Platz, wo unsere arme, liebe Mutter wieder den Heimweg gefunden hat."

Eva Maria aber blieb bei Frau Honeck.

Es schien nun wirklich, als ginge man einer besseren Zeit entgegen. Die Inflation hatte ihr Ende erreicht. Obgleich es nur langsam, ganz langsam vorwärts ging, hatte man doch Grund, neue Hoffnung zu schöpfen. Wie ein Aufatmen ging es durch das Land. Der Geldwert wurde stabilisiert und in den Geschäften gab es nach langen Jahren wieder Warenauswahl.

Im Rebenhäuschen zu Kolberg lebte man nach dem Grundsatz: Eine Sprosse nach der anderen auf der Leiter des Lebens erklimmen. Frau Honeck hatte gelernt, den Tag zu nehmen wie er kommt und die Sorgen für die Zukunft in Gottes Hände zu legen. Nicht umsonst stand es in der Bibel: „Sorget nicht für den andern Morgen! Es ist genug, daß ein jeglicher Tag seine eigene Plage habe."

Eva Maria genoß im wahrsten Sinne des Wortes Heimatrechte im Rebenhäuschen. Es fiel ihr sonst schwer, irgendwo Fuß zu fassen. Von Natur zurückhaltend, schloß sie sich nicht leicht einem Menschen an, aber die liebevolle Art Frau Honecks hatte gar schnell den Weg zu ihrem Herzen gefunden. Vor allen Dingen aber hatte es gewaltigen Eindruck auf sie gemacht, daß ihre Mutter, die seit Jahren jedem religiösen Einfluß gegenüber unzugänglich war, in diesem Hause, unter der Pflege und Betreuung der gütigen Hausfrau, ihre innere Ruhe wiedergefunden hatte. Hier war sie im Frieden eingeschlafen, nun ruhte sie aus von den Enttäuschungen des Lebens. Wo hätte Eva heimatlicher fühlen können als gerade an diesem Ort? Es dauerte nicht lange, so hatte sie sich in den neuen Verhältnissen zurechtgefunden und war Frau Honeck, die sie Tante nannte, bald eine tüchtige Hilfe im Haushalt. „Es ist ein Glück, daß du in unser Haus gekommen bist", sagte diese oft, „ich merke, daß ich langsam alt werde und die Arbeit nicht mehr allein bewältigen kann." Dann unterbrach sie das junge Mädchen: „Tante, ich fürchte, du wendest diese fein ausgedachte Ausrede nur an, um mir die Furcht auszutreiben, daß ich euch zur Last falle. Vom Altwerden kann bei dir wirklich noch nicht die Rede sein."

„Wer behauptet alt zu sein?" fragte Friedemann, der eben eintretend die letzten Worte vernommen hatte. „Etwa du, Mutter? Ich will doch gleich das Vergrößerungsglas holen und deine grauen Haare und die Runzeln in deinem Gesicht suchen. Mutter, laß mich nicht lachen, bis zum halben Hundert hast du noch ein paar Jahre. Wenn du dann noch einmal eine solche Strecke zurückgelegt hast, dann wollen wir uns gerne belehren lassen und annehmen, daß du alt seist."

„Auf alle Fälle stimmt es", erwiderte Frau Honeck und versuchte entrüstet auszusehen, „daß die heutige Jugend keinen Respekt mehr vor dem Alter hat. Wir hätten einmal wagen sollen, zu unseren ehrwürdigen Eltern in einem solchen nichtachtenden Ton zu reden. Ich sehe schon, Bürschchen, ich habe dich nicht streng genug erzogen!" Wenn sie in solch zürnender Strenge vor ihrem Sohn, der jetzt zur Mannesgröße herangewachsen war, stand, dann konnte er lachend die zarte Mutter umarmen.

„Jetzt aber ruhig, Mutter, wir leben in einer neuen Zeit, wo die Jungen das Wort haben."

So herrschte ein fröhlicher Ton im Rebenhäuschen, und auch Eva Maria lernte es wieder, jugendlich heiter zu sein. Zwischen ihr und Friedemann bestand ein schönes, geschwisterliches Verhältnis. Eines Tages begegnete Rolf Schmutzer den beiden, die einen Spaziergang am Strand miteinander machten. Kollegial begrüßte er sie und zwinkerte Friedemann vielsagend zu. Als Eva Maria, der dieser Mensch sehr mißfiel, weiterging, hielt er Friedemann einen Augenblick zurück. „Gratuliere! Hübsche Puppe, die du dir da ausgesucht hast. Na also, hat nur ein bißchen lang gedauert!" Friedemann wandte sich angeekelt ab.

Feststunden waren es, wenn Eva und Friedemann zusammen musizierten. Da wurde die stille Eva ganz lebendig. Die Freude an den harmonischen Klängen leuchtete aus ihren Augen und zauberte ein zartes Rot auf ihre blassen Wangen. In solchen Augenblicken war sie ganz die Tochter ihres Vaters. Oft lasen sie auch aus Friedemanns Büchern und erlebten in diesen Freud und Leid anderer Menschen und Völker.

„Es ist eigentümlich, daß kein einziges Menschenleben vom Leid verschont bleibt", sagte Eva Maria, als sie eine Biographie gelesen hatten. „Demnach gibt es kein vollkommenes Glück auf Erden." Frau Honeck war gerade damit beschäftigt, die welken Blätter von den verschiedenen Pflanzen und Gewächsen ihres Blumenständers zu entfernen. Sie blickte von ihrer Arbeit auf. „Es wäre diesen Pflanzen keine Wohltat, wenn sie nur immer in der Sonne stehen müßten, sie brauchen täglich die nötige Feuchtigkeit, um gedeihen zu können. Sturm, Gewitter, Regen und Schnee, alles ist notwendig. Die Wärme und das Licht der Sonne allein genügen nicht. Genauso ist es mit uns Menschen. Mir ist es, als bedürften wir gerade des Sturmes, um zu brauchbaren, wertvollen Menschen heranzureifen. Wir dürfen es aber Gott zutrauen, daß er uns das richtige Quantum an Licht und Schatten, an Freude und Leid zumißt. Er weiß, was uns not ist. Da habe ich kürzlich einen guten Ausspruch von Marie von Ebner-Eschenbach gelesen. Ich will doch einmal sehen, ob ich ihn wiederfinde. Hier ist er schon: ‚Der Schmerz ist der große Lehrer der Menschen. Unter seinem Hauche entfalten sich die Seelen. Das ist ein wahres Wort, und was das vollkommene Glück anbelangt, von dem du vorhin sprachst, so werden wir es wohl erst in der oberen Welt genießen, dort, wo kein Leid mehr ist. Unsere Seele, die göttlichen Ursprungs ist, kann nie mit irdischen Dingen befriedigt werden."

So wurde im Rebenhäuschen der tiefe Sinn des Lebens gepflegt, und damit blieb die wahre Freude bestehen auch in den dunkelsten Zeiten.

Friedemann hatte die Lehrzeit beendet, war aber im Geschäft geblieben. Sein Chef brachte ihm großes Vertrauen entgegen und übergab ihm manche Arbeit, die er sonst selten einem Angestellten aufgetragen hatte. Mit Freuden verfolgte er die innere und äußere Entwicklung des jungen Mannes, der zu den größten Hoffnungen berechtigte.

Das Geschäftsleben hob sich langsam wieder, die wirtschaftliche Lage wurde aussichtsreicher, und somit waren auch dem Büchermarkt neue Möglichkeiten gegeben. Friedemann ging in seinem Beruf vollkommen auf. Neue Hoffnung belebte das Volk. Vielleicht, ach, vielleicht wurde es doch noch einmal wahrhaft Frieden. Die Nachwehen des Krieges waren allerdings noch immer zu verspüren. Es schien unmöglich, in politischer Hinsicht eine Einheit zustande zu bringen. Die vielen Parteien zersplitterten das Volk nach wie vor und behinderten ein planmäßiges Aufbauen. So konnte eine tatsächliche Erholung nach der schweren Zeit nur ganz langsam vor sich gehen. Jede Besserungsaussicht wurde mit Freuden begrüßt. In den Kurorten hob sich nach langer Zeit der Fremdenverkehr und brachte Leben und Einnahmen. Auch Kolberg belebte sich. Frau Honecks Häuschen war während der Sommermonate stets überfüllt. Eva Maria war ihr eine fleißige, umsichtige Haustochter geworden, für deren Hilfe sie sehr froh war.

So ging die Zeit dahin. Hin und wieder trafen sich die Geschwister Seeborg im Rebenhäuschen, das sie seit dem Tode der Mutter als ein Stück Heimat betrachteten. Friedemann Honeck hatte sich mit Kurt Seeborg eng befreundet. Die beiden jungen Männer standen aufrecht und mit beiden Füßen im Kampf des Lebens und nahmen regen Anteil an den Geschehnissen der Zeit, ohne sich jedoch ihre Ideale rauben zu lassen. Kurt Seeborg hatte mit seinem Studium begonnen. In seinen Freistunden erteilte er Nachhilfeunterricht, um sich finanziell zu helfen. Sein vorbildlicher Fleiß und die auffallende Begabung für den von ihm gewählten Beruf hatten ihm bereits einige Stipendien eingebracht. Eva Maria war stolz auf ihren Bruder. Schon einige Male war sie bei ihrer Schwester in Danzig gewesen. Herzlich freute sie sich an deren glücklichem Familienleben. Der kleine Neffe hatte noch ein Schwesterlein bekommen, und es war jedesmal ein Fest für die Kinder, wenn die junge Tante aus Kolberg kam. Immer wieder aber kehrte Eva Maria gerne ins Rebenhäuschen zurück. Dort genoß sie Heimatrechte, und weil sie ein fleißiger, arbeitsfreudiger Mensch war, zog es sie immer wieder zu den aus diesen Rechten hervorgegangenen Pflichten, deren Erfüllung ihr Bedürfnis und Freude war.

Eines Tages kam Friedemann mit der Nachricht aus dem Geschäft, daß sein Chef ihn aufgefordert habe, mit ihm nach Leipzig zu der dort stattfindenden Messe zu reisen. Es war ein Zeichen des Fortschrittes, daß die Leipziger Messe nach all den Notzeiten wieder abgehalten werden konnte. Aus allen Teilen Deutschlands und aus dem Ausland kamen die Geschäftsleute zusammen, um sich auf der gewaltigen Ausstellung neue Anregung zu holen und da und dort Geschäftsverbindungen anzuknüpfen.

Frau Honeck packte Friedemanns Koffer. Sie freute sich über das Vertrauen, das Herr Saß, der Chef, ihrem Sohn entgegenbrachte. Vierzehn Tage sollte er in Leipzig bleiben. Friedemann hatte bis dahin nicht viel Gelegenheit gehabt, zu reisen. Nun freute er sich auf diese Abwechslung. Seine Mutter und Eva Maria begleiteten ihn zum Bahnhof.

„Bring uns etwas Schönes von der Leipziger Messe mit“, rief Eva ihm nach, als der Zug sich in Bewegung setzte. Friedemann sandte begeisterte Briefe aus Leipzig. In seiner lebhaften Art schilderte er seine Erlebnisse, so daß es den beiden im Rebenhäuschen oft war, als gingen sie selbst durch die riesigen Ausstellungsräume. Im Nu waren die vierzehn Tage dahingegangen. Kurz vor seiner Rückreise erhielt Frau Honeck noch einen Brief.

Eva staubte gerade im Wohnzimmer ab, als der Briefträger ihn brachte. „Hat Friedemann geschrieben?" fragte sie. „Wann kommt er zurück?"

„Ich lese dir den Brief vor", antwortete Frau Honeck, der es längst zur Gewohnheit geworden war, alles, was sie erlebte, mit Eva zu besprechen. Sie las:

„Leipzig, 7. Mai 1927

Meine liebe Mutter, liebe Eva!

Nun neigen sich die schönen und inhaltsreichen Tage in Leipzig schon dem Ende zu. Der Aufenthalt hier war ein Erlebnis. Aber ich freue mich doch sehr, Euch bald wieder zu sehen und ins Rebenhäuschen zurückzukehren. Wie ist es doch etwas Großes um die Heimat!

Nun habe ich Euch noch eine Neuigkeit mitzuteilen. Wie Ihr wißt, wohne ich mit meinem Chef bei einer ihm bekannten Familie. Herr Schnaider hat hier ein großes Pelzwarengeschäft. Man hat mich in überaus liebenswürdiger Weise aufgenommen und verpflegt, so daß ich wünschte, meinen freundlichen Gastgebern einen Gegendienst leisten zu können.

Herr Schnaider hat drei Töchter. Die Jüngste, etwas älter als Eva, ist gesundheitlich nicht ganz auf der Höhe und bedarf dringend einer Erholung. Da ist mir der Gedanke gekommen, Euch zu fragen, ob Ihr damit einverstanden seid, daß ich sie mitbringe, damit sie sich bei Euch erholen kann. Mutter, sei doch so gut und schreibe mir umgehend Deine Meinung. Ich hoffe, es geht Euch beiden gut. Für heute herzliche Grüße

Euer Friedemann."

Frau Honeck faltete den Brief wieder zusammen. Eva Maria war begeistert. „O ja, Tante, schreibe nur gleich, daß er das Mädchen mitbringt. Hier wird sie sich sicher erholen. Ich freue mich auf sie, besonders weil ich hier eigentlich wenig Verkehr mit Gleichaltrigen habe." Frau Honeck antwortete nicht gleich. Wie in tiefem Sinnen blickte sie eine Weile vor sich hin. Dann sagte sie: „Ja, ich will ihm gleich antworten. Natürlich kann er das Fräulein mitbringen, zumal man ihn dort so gut versorgt hat. Wo soll sie denn schlafen? Die drei vorderen Zimmer im oberen Stockwerk sind besetzt und auch in den beiden Balkonzimmern hier unten sind Kurgäste. Aber das kleine Erkerzimmer ist frei. Ja, das könnten wir ihr zurechtmachen."

„Wenn nicht anders", erwiderte Eva, „kann sie auch in meinem Bett schlafen, mir genügt das Ruhebett."

„Nein, nein", wehrte Frau Honeck, „wir haben ja Platz genug."

So wurde das Erkerzimmer zurechtgemacht. Eva Maria stellte zuletzt noch einen frischen Strauß Blumen hinein. Nun sah es wirklich einladend aus. Der Gast konnte kommen.

Wieder standen sie beide am Bahnhof. War Friedemann wirklich nur vierzehn Tage fort gewesen? Der Mutter schien es, als sei es eine unendlich lange Zeit. Was kann aber auch in einer kurzen Zeit von zwei Wochen alles geschehen! Da fuhr der Zug schon ein, und aus einem der Fenster lehnte Friedemann, ihr Junge. Mit einem Strauß Rosen winkte er ihr zu. Einen Augenblick später hielt er seine kleine Mutter in den Armen. Eva Maria stand lächelnd daneben. „Ach so, da bist du ja auch, kleine Schwester." Er schüttelte ihr die Hand, daß es sie schmerzte. Frau Honeck betrachtete mit mütterlichem Stolz ihren Sohn. Der graue Anzug stand ihm gut. Unwillkürlich mußte sie an die Zeit denken, wo es ihr unmöglich schien, ihm eine neue Jacke zu kaufen, und er gewillt war, mit 400 Flicklappen auf dem Anzug herumzulaufen. Gott sei Dank, die Zeit war vorüber, und Friedemann hatte eine gute Anstellung. Obgleich er keinesfalls hoffärtig war, legte er doch Gewicht auf ein tadelloses Äußere. So stand er jetzt vor seiner Mutter, ein aufrechter, schöner Mensch. Er hatte einer jungen Dame beim Aussteigen geholfen und stellte sie nun vor: „Das ist Fräulein Lilli Schnaider aus Leipzig." Frau Honeck begrüßte ihren Gast freundlich und stellte Eva Maria als Pflegetochter vor. War es nun Wirklichkeit oder schien es nur so, daß Fräulein Schnaider Eva merklich kühl und zurückhaltend begrüßte? Frau Honeck schalt sich selbst. Später aber wußte sie, daß es keine Täuschung gewesen war. Nun aber hieß es, das viele Gepäck unterzubringen. Fräulein Schnaider schien sich auf längere Zeit eingerichtet zu haben. Als die verschiedenen Koffer, Hutschachteln, Taschen und Täschchen einem Gepäckträger übergeben waren, machte man sich auf den Heimweg. Fräulein Schnaider wunderte sich über die Kleinstadtatmosphäre. „Ach, wie drollig", rief sie aus, „hier ist nicht einmal eine elektrische Bahn? Das habe ich gar nicht gewußt, daß Kolberg ein solches Nest ist." — „Aber Fräulein Lilli, das kann doch nur eine Begriffsverwechslung sein, Kolberg, der beliebte Kurort an der Ostsee, ist niemals als Nest zu bezeichnen", verteidigte Friedemann seine Vaterstadt.

„Ein Nest kann unter Umständen etwas sehr Molliges, Liebenswertes sein", erwiderte die junge Leipzigerin schlagfertig und warf Friedemann einen neckenden Blick zu. Sie war überhaupt sehr hebhaft, unterhielt sich laut und ungeniert und lachte viel. Ihre Kleidung und Frisur waren sehr modisch. Über ihren Arm trug sie lässig einen kostbaren Pelz, wahrscheinlich ein Glanzstück aus dem Geschäft ihres Vaters.

Friedemann wandte sich jetzt an Frau Honeck. „Du bist so schweigsam, Mutter, oder meine ich das nur? Fühlst du dich nicht ganz wohl? Evi, hast du die Mutter nicht gut verpflegt während meiner Abwesenheit?"

Eva Maria blickte besorgt in das Gesicht ihrer Pflegemutter. Auch ihr kam sie still vor. „Bist du traurig, Tante?" fragte sie leise, nur für Frau Honeck hörbar. Da zwang diese sich, heiter zu sein. Sie durfte unter keinen Umständen zeigen, daß sich irgend etwas wie eine Last auf ihr Herz gelegt hatte, ihr selbst fast unerklärlich. Es ist etwas unsagbar Feines um ein Mutterherz.

Lilli Schnaider fand sich schnell im Rebenhäuschen zurecht. Sie zwitscherte bald wie ein lustiger Vogel darin herum. Alles fand sie entzückend, ob es nun ihr Zimmer, das Blumengärtchen vor dem Hause, Frau Honecks Kochkunst oder sonst etwas war. Mit einem Schlag war Leben ins Rebenhäuschen gekommen. Die junge Leipzigerin hatte die drolligsten Einfälle, band sich große Schürzen um und bestand darauf, in der Küche mithelfen zu wollen, wo sie sich dann so unbeholfen anstellte, daß Frau Honeck, die jetzt oft recht ernst war, hellauf lachte. Als man sie zum erstenmal an den Strand führte und sie die grenzenlose Meeresfläche vor sich liegen sah, da wandte sie sich erschrocken ab. „Uh, wie unheimlich!" Am liebsten spazierte sie auf dem Frühkonzertplatz umher, während die Kapelle spielte. Dann trug sie eines ihrer eleganten Strandkleider und spielte mit ihrem feinen Spazierstöckchen, die bekannten Melodien mitsummend. Friedemann benutzte jede freie Stunde, um sie zu begleiten und sie zu unterhalten, während seine Mutter und Eva den häuslichen Pflichten nachgingen.

Eines Abends hatte man im Rebenhäuschen nach längerer Zeit wieder einmal im gemütlichen Wohnzimmer zusammengesessen. Nachdem Friedemann und Eva musiziert hatten, nahm Frau Honeck die Bibel und las, wie sie es nach dem Tode ihres Mannes stets selbst getan hatte, die Andacht. Bald darauf begaben sich alle zur Ruhe. Auch Frau Honeck war müde, aber es war ihr ein Bedürfnis, noch ein wenig in ihrem kleinen Schlafzimmer zu sitzen und den Verlauf des Tages an sich vorüberziehen zu lassen. Auf der Kommode stand ein verschlossenes Kästchen mit den Briefen ihres Mannes, die er ihr aus dem Felde geschrieben hatte. Sie blätterte darin. Wie manches liebe Wort grüßte sie da. Was war es doch für ein herrliches, gemeinsames Wandern gewesen, selbst als er sich im Felde befand. Er ließ sie teilnehmen an all seinem Erleben und sie ihn an dem ihren, so daß sie trotz der Trennung in inniger Verbundenheit lebten. Ach, daß er sie so früh verlassen mußte! Mitten in ihrem Sinnen hörte sie Schritte auf der Treppe. Gleich darauf steckte Friedemann den Kopf in ihr Zimmer. „Mutter, bist du noch auf? Ich sah Licht in deinem Zimmer, darf ich noch ein Weilchen hereinkommen?"

Frau Honeck sah ihn fragend an. „Du schläfst noch nicht? Es geht auf Mitternacht."

Friedemann setzte sich auf das kleine blaue Sofa neben die Mutter. Er sah sich in dem Stübchen um. „Wie behaglich ist es bei dir! Und das ganze Zimmer trägt eine so persönliche Note. Es ist eben dein Zimmer, Mutter. Liest du wieder in Vaters Briefen? Ja, es ist lange her."

Frau Honeck wußte, das war nur die Einleitung zu dem, was er auf dem Herzen hatte. Es dauerte auch gar nicht lange, bis er bewußt auf sein Ziel losging.

„Mutter, daß ich noch so spät zu dir komme, hat seinen Grund. Tagsüber bist du so beschäftigt und selten allein. So muß ich eben in der Nacht zu dir kommen, denn das, was ich dir sagen will, gilt nur uns beiden. Ich liebe Lilli Schnaider. Ich wußte es schon in Leipzig, wollte jedoch nicht übereilt handeln und wünschte auch, daß du sie kennenlerntest, bevor ich zu ihr von meiner Liebe sprach. Wir beide sind ja so daran gewöhnt, alles miteinander zu besprechen und zu erleben. Mutter, darf ich dir Lilli als deine Tochter bringen?"

Frau Honeck hatte unwillkürlich die Hände gefaltet. Also doch! Die Augen ihres Sohnes waren erwartunsgvoll auf sie gerichtet, sie war froh über sein Vertrauen, und doch, sie konnte nicht anders als offen, ganz offen mitten aus ihrem liebevollen Mutterherzen heraus zu ihm reden. Der Ernst des Augenblicks hatte sie erbleichen lassen. Sie fühlte, es war dieser Moment vielleicht eine Lebensentscheidung für sie beide. Ihr Herz erbebte, aber sie zwang sich äußerlich zur Ruhe, als sie ihm antwortete: „Friedemann, daß dieser Augenblick gekommen ist, überrascht mich nicht. Du bist im dreiundzwanzigsten Jahr, also alt genug, um an die Gründung einer eigenen Familie denken zu können. Und doch, deine Frage erschreckt mich. Seit Vaters Tod hast du mir zur Seite gestanden, die Not hat dich frühzeitig gereift, du hattest stets einen merkwürdig klaren Blick für die Geschehnisse rings um dich her. Daß du mir einmal eine Tochter zuführen würdest, das habe ich erwartet, aber ich hatte gehofft, ihr mein ganzes Herz als Mutter entgegenbringen zu können. Friedemann, glaubst du, in Lilli Schnaider die rechte Wahl getroffen zu haben?" – Frau Honeck schwieg. Wie schwer war es ihr, ihrem Jungen, den sie über alles liebte, der ihr volles Vertrauen besaß, zu erklären, was sie fühlte. – Friedemann hatte seine Mutter nicht unterbrochen, aber es schien ihm unfaßlich, daß sie zögerte, ihm ihre Zustimmung zu geben.

„Ich liebe Lilli", wiederholte er, „was hast du gegen sie? Ist sie nicht ein sonniges, heiteres Geschöpf? Daß sie noch manches zu lernen hat, ist mir klar, aber sie ist ja auch noch jung."

Frau Honeck sah es ihrem Sohn an: das war kein oberflächliches Spiel, sondern eine tiefe Neigung seines Herzens. Unsagbar litt sie darunter, daß sie nicht mit ihm gehen konnte, sondern ihm ihrer Überzeugung nach entgegentreten mußte. Aber sie konnte nicht anders. Ging es doch um das Glück ihres einzigen Kindes. Da durfte sie nicht schweigen. Ihre Augen füllten sich mit Tränen, als sie fortfuhr: „Friedemann, ist es dir klar, daß du ein ganzes Leben an ihrer Seite zubringen mußt? Kannst du dir Lilli vorstellen als tapferen, treuen Kameraden in Zeiten der Not? Wir sind gewöhnt, mit wenigem hauszuhalten, Lilli stellt ganz andere Ansprüche an das Leben." Frau Honeck hatte die Hände ihres Sohnes umklammert, die ganze Angst ihres Mutterherzens zitterte ihm entgegen. – „Mein Junge, tu mir das nicht an."

Friedemann Honeck war erbleicht. Nicht im geringsten hatte er damit gerechnet, auf Widerstand zu stoßen, und nun diese fast leidenschaftliche Abwehr seiner Mutter. Aber wenn er an Lilli dachte, ihr lachendes, sonniges Wesen vor sich sah, nein, er konnte nicht anders.

„Mutter, ich liebe sie.“

Frau Honeck war es plötzlich, als stehe sie mit ihrem Sohn vor einem tiefen Abgrund. Schwindel wollte sie erfassen, aber war es nicht ihre Pflicht, das einzige Kind, das Gott ihr anvertraut hatte, zurückzuhalten, vor dem Sturz zu bewahren? Wie manche Mutterhand hat sich in solchen Augenblicken ausgestreckt, um Unglück zu verhüten und mußte doch erkennen, wie vergeblich es war.

Frau Honeck meinte, es müsse möglich sein, Friedemann zu überzeugen. Sie sprach zu ihm von den Beobachtungen, die sie gemacht, von der Oberflächlichkeit Lilli Schnaiders, von ihren wechselvollen Stimmungen, von ihrer Unfähigkeit, einen Haushalt zu führen –, es war vergeblich. Friedemann glaubte, daß alles nachzuholen und zu erlernen sei. Schließlich wußte Frau Honeck sich keinen Rat mehr. Ernst sah sie ihren Sohn an. „Friedemann, hast du mit Gott über diese entscheidende Frage gesprochen? Ich will dir gewiß nicht in deine Angelegenheiten hineinreden, versprich mir nur eins: Werde dir klar vor Gott. Es liegt mir fern, Lilli unrecht tun zu wollen, aber mein Herz zittert im Gedanken daran, daß du dein Leben lang unglücklich wirst. Lilli mag gewiß manche gute Eigenschaften haben, aber ihr fehlt die Tiefe, ich suche vergeblich nach einem Beweis ihres Innenlebens. Es mag sich hart anhören, aber ich sehe immer wieder die Worte aus jenem Gedicht von Langewiesche vor mir, es handelt sich um einen Mann, der sich eine Frau suchte. ‚Und glaubte er, daß einer gar nichts fehle, dann zeigte sich's, sie hatte keine Seele.‘ Friedemann, kennst du die Seele dieses Mädchens? Du weißt doch, was man von Rolf Schmutzer spricht. – Das Mädchen, mit dem man ihn im letzten Jahr zusammen sah, erwartet ein Kind von ihm.

Nun hat er sie sitzenlassen und sich mit einer andern verlobt. Die Augen der ganzen Stadt sind auf ihn gerichtet. — Sieh, wir sind hier überall bekannt. Was werden die Leute sagen, wenn du ein Mädchen bringst, das so gar nicht in unser Haus paßt."

„Mutter, du gehst zu weit, deine grenzenlose, mir unverständliche Abneigung Lilli gegenüber treibt dich zu solchen Äußerungen." Friedemann war erregt aufgesprungen. „Wie kannst du Rolf und uns in einem Atemzug nennen? Wer gibt dir ein Recht, so zu urteilen? Kann Lilli dafür, daß sie nicht in einem christlichen Hause aufgewachsen ist? Man muß ihr Zeit lassen, sich an all das Neue zu gewöhnen — und ich, ich selbst will es sein, der sie dem Christentum zuführt. Mutter, ich kenne dich nur als Gütige, Verstehende, Liebevolle, und nun diese Härte!"

Frau Honeck blieb vollständig ruhig, als sie ihm antwortete: „Ich bin bereit, für Lilli Schnaider zu tun, was ich nur kann, gerne glaube ich auch, daß Entwicklungsmöglichkeiten in ihr schlummern, ich will ihr helfen, soweit wie möglich und in dem Maß wie sie meine Hilfe annimmt, aber es ist mir unmöglich anzunehmen, daß sie die von Gott für dich bestimmte Frau sein soll. Unsere bisherige Lebenseinstellung, die Erziehung, die dein Vater und ich dir gaben, die ganze Atmosphäre unseres Hauses, das alles würde in dem Augenblick, wo sie deine Frau wird, hinfällig."

„Mutter, ich begreife dich nicht, du bist extrem." Friedemann lehnte mit übereinandergeschlagenen Armen am offenen Fenster. Er war furchtbar erregt. „Warum sollte Lilli sich nicht an den Ton und die Sitten unseres Hauses gewöhnen können?" Einen Augenblick war es still zwischen den beiden, dann fuhr Friedemann mit vor Bewegung zitternder Stimme fort: „Wie kann ich eine solch wichtige Entscheidung treffen ohne die innere und überzeugte Zustimmung meiner Mutter?"

Da stand Frau Honeck auf, trat zu ihrem Sohn an das Fenster und legte die Hände auf seine Schultern. Mit einem Blick unendlicher Liebe sah sie ihn an. „Friedemann, Gott weiß, ich will nicht hart und ungerecht sein, und es tut mir leid, wenn meine Worte solchen Eindruck machten. Ich bitte dich nur eins, werde dir klar vor Gott, ehe du eine Entscheidung triffst. Wenn du dich mit Lilli vor dem Angesichte Gottes treffen kannst, dann will auch ich dich nicht hindern. Aber höre auf deine Mutter, unternimm nichts, ohne daß du die Gewißheit hast, daß Gottes Segen auf deinem Vorhaben ruht." Sie küßte ihn. Tränen rannen über ihre Wangen. Als Friedemann das Zimmer verlassen hatte, war es um Frau Honecks Selbstbeherrschung geschehen. Aufschluchzend sank sie auf den nächsten Stuhl. „Mein Gott, mein Gott, verhüte es, öffne meinem Jungen die Augen."

Wir meinen oft, Gott etwas abringen zu können, besonders wenn wir von der Richtigkeit und Wichtigkeit unserer Forderung überzeugt sind. Und doch geht er seinen eigenen Weg mit jedem Menschen. Seine Gedanken sind höher denn die unsrigen. In dieser Nacht fand Frau Honeck keinen Schlaf. Sie wußte es, ihr Junge stand vor einer Gefahr, und das Furchtbare war, er erkannte sie nicht. Was konnte sie tun, um ein Unglück zu verhüten? Wie dunkle Wolken stürmten die Gedanken auf sie ein, bis ihr Herz wie von Zentnerlasten beschwert war. Es konnte doch nicht möglich sein, Friedemann, ihr zielbewußter, aufrechter, charakterfester Sohn und dieses oberflächliche, kokette Mädchen! Frau Honeck rang in Verzweiflung die Hände, nein, sie wollte dem Mädchen nicht unrecht tun, gewiß nicht. Hatte Friedemann etwa recht, war sie hart? Sie versuchte, sich die angenehmen und liebenswerten Seiten im Wesen des jungen Mädchens ins Gedächtnis zu rufen. Gewiß, Lilli war ein heiteres Geschöpf, unterhaltend und lebenslustig, aber war das alles? Würde sie fähig sein, kraftvoll Lasten zu tragen, würde sie durchhalten in Zeiten der Not und Krankheit, würde sie zu allen Zeiten treu zu Friedemann stehen? – Arme Mutter, sie zermürbte sich in Sorgen um ihren Sohn und war doch nicht imstande, das Geschick ihres Kindes aufzuhalten. Er selbst mußte wählen. Heute schien es Frau Honeck jedoch besonders schwer, ja beinahe unmöglich, stille zu werden. Warum hatte Friedemann sich nicht ein anderes Mädchen ausgesucht? In ihrem Bekanntenkreis waren einige, die sie herzlich gerne Tochter genannt hätte, die gleicher Gesinnung mit ihnen waren, und Eva Maria – wie ein Schmerz durchzuckte es ihr Herz –, Eva Maria, warum dachte Friedemann nicht an sie? Bisher hatte Frau Honeck nie diese Möglichkeit erwogen, die beiden hatten wie Geschwister nebeneinander gelebt, jetzt aber schien es Frau Honeck das Nächstliegende zu sein. Eva, dieses feine, zartfühlende und tiefempfindende Mädchen mit dem frommen, unverdorbenen Herzen, wie gut hätte sie zu ihrem Sohn gepaßt. Aber er zog die Fremde, die Leichtfertige vor. War das nicht schon Bitterkeit, die das Herz der sich in Sorge quälenden Mutter erfüllte? Vielleicht war es verkehrt von ihr gewesen, das zweifelhafte Leben Rolf Schmutzers anzuführen, in dem Augenblick, wo sie ihn liebevoll warnen wollte. Wie schwer war es doch immer, die rechte Art und das rechte Wort zu treffen.

Über dem Rebenhäuschen lag ein Schatten. Eva Maria

blickte besorgt von einem zum andern. Sie konnte keine Erklärung dafür finden. Zum erstenmal verschwieg Frau Honeck ihr einen Kummer, aber Eva fühlte nur zu gut, daß irgendeine Sorge das Herz der mütterlichen Freundin beschwerte, und sah die Schatten auf deren Gesicht. Gewiß rührten die von schlaflosen Nächten her. Auch Friedemann war anders als sonst. Er hatte aufgehört, lustige Späße zu machen, und bemühte er sich, seinen Kummer zu verbergen, so klang sein Lachen gequält und wirkte auf Eva unerklärlich schmerzlich. Nur Lilli schien von all dem nichts zu merken. Sie lachte und zwitscherte lustig drauflos, trällerte den ganzen Tag und flog wie ein bunter Schmetterling von einem zum andern. Friedemann litt unsagbar unter dieser bedrückenden Stimmung. Er erinnerte sich keiner ernstlichen Mißstimmung zwischen sich und seiner Mutter. Und nun war er die Ursache. Nach der nächtlichen Unterredung in ihrem Zimmer hatten sie beide diese Angelegenheit nicht mehr erwähnt. In seinem Herzen war ein Zwiespalt. Auf der einen Seite die Mutter. Er wußte genau, daß es ihre Liebe war, die ihn umsorgte und vor bitteren Enttäuschungen bewahren wollte, auf der anderen Seite das Mädchen, das er liebte. Er konnte es sich selbst nicht erklären, wie es gekommen war, daß sie solche Macht über ihn gewonnen hatte, aber es schien ihm unmöglich, je wieder von ihr loszukommen. Warum sollten sie auch nicht miteinander glücklich werden? Gewiß, wenn er ehrlich sein wollte, mußte er zugeben, daß er mit Lilli noch nie über religiöse Dinge gesprochen hatte. Es fehlte ihm einfach der Mut dazu. Er hatte wohl das überlegene Lächeln gesehen, als sie zum erstenmal an ihrer Hausandacht teilgenommen hatte. Später schien sie sich daran gewöhnt zu haben. Allerdings sah es nicht danach aus, als mache dieses alles großen Eindruck auf sie. Doch warum sollte sie nicht für das Christentum, für ein entschiedenes Christentum gewonnen werden können? Er wollte gewiß seine Überzeugung nicht für diese Zuneigung verkaufen, dafür war sie ihm zu wertvoll, aber es war doch anzunehmen, daß Lilli sich leiten ließ und sie dann gemeinsam diesen Weg gehen würden. Friedemann kannte wohl die Einstellung seiner Mutter. Sie hielt es für unmöglich, daß zwei Menschen mit so ganz verschiedener Lebensanschauung in einer Ehe glücklich würden, aber schließlich konnte sie sich auch täuschen. Gewiß, sie mochte manche Erfahrung gesammelt haben und in vielen Fällen mochte es wirklich schiefgegangen sein, aber schließlich waren sie beide gebildete Menschen und würden sich einander anzupassen wissen. Friedemann Honeck suchte nach Erklärungen, Entschuldigungen und logischen Begründungen, weil er eben den beschrittenen Weg nicht verlassen wollte. Er bedachte nicht, daß ein solcher Kompromiß immer schwerwiegende Folgen hat, besonders wenn man gegen die Stimme seines eigenen Gewissens handelt. Hätte Friedemann den Weg seiner Zukunft überblicken können, er wäre damals zurückgetreten, wo ihn noch kein gegebenes Wort verpflichtete, aber es schien, als habe er jeden klaren Ausblick verloren. Frau Honeck litt unsäglich. War das ihr Sohn, ihr Friedemann, über dessen klares, bestimmtes Urteil sie sich schon in ganz jungen Jahren gewundert hatte? War das wirklich ihr Kind, das stets das Aufrechte, das Wahre, das Echte geliebt und vertreten hatte, das jetzt auf ein schönes Gesicht hereinfiel? Sie wußte, das konnte niemals gut gehen, aber ihre Hände waren gebunden. Jetzt war sie an dem Punkt angelangt, worüber sie so manche Mutter hatte klagen hören. Aber sie hatte geglaubt, daß sie bei dem idealen Verhältnis, das zwischen ihr und ihrem Sohn bestand, derartiges nicht durchzumachen hätte. Daß sie als Mutter zurücktreten mußte und eine andere Frau den ersten Platz im Herzen ihres Sohnes einnehmen würde, das war nur natürlich und das Los aller Mütter, aber daß er sich gar nicht raten ließ, ja daß er sich eine Frau wählte, die so weit entfernt war von seiner inneren Einstellung, das konnte sie nicht fassen. Wollte er sie denn nicht verstehen? Sie dachte einige Jahre zurück. Ihr schien es, als sei es erst gestern gewesen, daß sie während der Nacht in das Zimmer ihres Sohnes gegangen war und ihn gefragt hatte, was er dazu sage, wenn Eva Maria im Hause blieb. „Ich bin mit allem einverstanden, was du bestimmst", hatte er geantwortet, und als sie ihm froh gesagt hatte, sie habe gewußt, daß er sie verstehen würde, da hatte er in ganz selbstverständlicher Weise erklärt: „Immer, Mutter, immer werde ich dich verstehen." Und nun? Bisher war es ihre Aufgabe gewesen, Friedemann zu betreuen und zu umsorgen, nun ging er seinen eigenen Weg. Sie begriff, es mußte immer schwer sein für eine Mutter, ihren Sohn an eine fremde Frau, oder die Tochter an einen fremden Mann abzutreten, ganz besonders aber, wenn diese Frau des Sohnes, oder der Mann der Tochter nicht würdig ist. Wie oft hatte sie Menschen gehört, wie sie in leichtfertiger Art von unleidlichen Schwiegermüttern gesprochen hatten, ohne zu bedenken, daß da in Wirklichkeit Opfer gebracht werden. Opfer, die als selbstverständlich angenommen und in den wenigsten Fällen anerkannt werden.

Frau Honeck schritt durch dunkle Tiefen. Ihre Seele ging einsame Wege. Wem hätte sie auch diese Sorgen anvertrauen sollen? Am allerwenigsten Eva Maria, der sie am liebsten Tochterrechte eingeräumt hätte. Wie sollte sie sich nur verhalten? War es richtig, wenn sie ihren Sohn vor die Entscheidung stellte: wähle zwischen deiner Mutter und diesem Mädchen? Sollte sie nach all den Jahren innigster Harmonie eine Feindschaft heraufbeschwören? Was sollte sie nur tun? Hatte sie nicht ihrem Sohn den Rat gegeben, stille vor Gott zu werden, um zur Gewißheit zu gelangen? Mußte sie selbst nicht vor allen Dingen zur inneren Ruhe kommen? Sie hatte ihre Pflicht getan, hatte ihrem Sohn gesagt, was sie als richtig erkannte, nun mußte sie abwarten und Gott zutrauen, daß er dennoch alles zum Besten lenken würde. Und in dieser Stille erkannte Frau Honeck, daß Bitterkeit und ein hartes Erzwingenwollen hier gar nicht am Platze waren, sondern nichts als Liebe und Geduld. Und das erbat sie sich von Gott.

So waren einige Wochen vergangen.

Friedemann Honeck trat wieder vor seine Mutter. „Ich habe vor, morgen mit Lilli zu sprechen." Da reichte sie ihm die Hand. „Tue, was Gott dich heißt."

Dieses Wort der Mutter brachte Friedemann aufs neue in innere Not. „Tue, was Gott dich heißt." Nein, mit Sicherheit konnte er nicht sagen, daß Gott ihm einen derartigen Auftrag gegeben hatte, aber schließlich lebte man doch nicht mehr im Alten Bunde, wo die Erzväter sich genaue Anweisungen über die Wahl der Frauen geben ließen. Er war sich darüber klar: Lilli war die richtige Frau für ihn, und wenn sie selbst auch nicht fromm zu nennen war, so brauchte er deswegen noch lange nicht gottlos zu werden. Friedemann brachte sein mahnendes Gewissen zum Schweigen und verlor damit ein Stück seines wertvollsten Besitzes.

Ein Jahr später sollte die Hochzeit stattfinden. Lilli drängte darauf. Sie wollte nicht länger warten. Sie war klug genug, um Frau Honecks Stellungnahme herauszufühlen, obgleich diese nach wie vor nicht anders als freundlich zu ihr war. Doch sie mochte besorgt sein, daß ihr Verhältnis mit Friedemann, beeinflußt von der Mutter, auseinandergehen könnte. Es war ja geradezu lächerlich, wie Friedemann an seiner Mutter hing. Von allem mußte sie wissen, nichts geschah ohne ihre Zustimmung, und sie schien anzunehmen, daß das auch fernerhin so weitergehen sollte. Da hatte sie sich geirrt. Sie, Lilli Schnaider, war nicht gewillt, den zweiten Platz einzunehmen und sich den Anordnungen dieser altmodischen Schwiegermutter zu fügen. Diese fromme Art ging ihr direkt auf die Nerven. Dabei durfte sie noch nicht einmal etwas sagen. Friedemann ließ nichts auf seine Mutter kommen. Na, die Sache würde schon anders werden, wenn sie erst als junge Frau hier schalten und walten würde. Gewiß, die Wohnung war ja einfach. Das junge Paar sollte nach der Hochzeit die oberen Räume des Rebenhäuschens beziehen. Lilli hatte sich den Beginn ihres Ehestandes in früheren Zeiten anders vorgestellt, große, hohe, luftige Räume mit einer eleganten Einrichtung, aber das konnte ja später alles nachgeholt werden. Die Hauptsache, sie war mit Friedemann verheiratet. Er war ein feiner, ansehnlicher Mensch, sie konnte es kaum erwarten, ihn in ihre Gesellschaftskreise in Leipzig einzuführen. Mit einem solchen Mann konnte sie sich sehen lassen. Da würden verschiedene schön neidisch werden. Nun fuhr sie zuerst einmal bis zu ihrer Hochzeit zurück nach Leipzig. Ihr Hochzeitskleid und manche andere wichtige Anschaffung konnte sie doch nicht hier in diesem kleinen Nest besorgen. Da gab es bei ihr zu Hause doch ganz andere Auswahl. Auf jeden Fall konnte sie beruhigt abreisen. Ihre anfängliche Sorge Eva Maria gegenüber war unbegründet. Die war wirklich ein Gänschen. Sie sah zu Friedemann auf mit einer fast lächerlichen Ehrfurcht, aber mehr wie ein Bruder war er ihr nicht.

Frau Honeck atmete auf, als Lilli abgereist war. So lagen doch wenigstens noch einige ruhige Wochen vor ihr. Es war merkwürdig, wie durch eine einzige Person die Atmosphäre eines ganzen Hauses verändert werden konnte. Sie versuchte jeden Tag aufs neue sich zu überwinden und in das Unvermeidliche zu fügen. An jenem Tag, als Friedemann ihr Lilli als seine Braut zugeführt hatte, da mußte sie noch einmal einen schweren Kampf in ihrem Innern bestehen, um stille bleiben zu können. Aber sie hatte doch versucht, Lilli in herzlicher Weise entgegenzukommen. Nun, da Friedemann seine Wahl getroffen hatte, wollte sie nicht das Hindernis sein. Täglich erbat sie sich aufs neue von Gott die Kraft der Liebe und Geduld.

Eva Maria war seit jenem Tage, als Friedemann ihr seine Braut vorstellte, noch stiller geworden. Lilli war ihr eine lustige, unterhaltende Gefährtin, nicht aber Freundin geworden, aber Friedemanns Frau? Mit großen, erschrockenen Augen hatte sie das junge Paar angesehen. „Dem Gänschen bleibt die Sprache weg“, hatte Lilli in ihrer burschikosen Art ausgerufen, „willst du uns nicht wenigstens gratulieren?“ Da hatte sie tief errötend beiden die Hand gereicht. Jetzt wußte sie, woher die Schatten auf dem Gesicht der Tante kamen. Sie war zu zartfühlend, um darüber zu sprechen, aber sie umgab sie mehr noch als zuvor mit ihrer Liebe.

Wie lange war es her, daß Frau Honeck mit ihrem Sohn

einen ihrer beliebten schönen Wege gegangen war? Seit Lilli ins Haus gekommen war, hatte man dafür keine Zeit mehr gefunden. Friedemann mochte es selbst empfinden und vermissen. Fast ein wenig verlegen forderte er jetzt die Mutter auf: „Wie wär's mit einem schönen Weg?" Eva hatte immer gerade am Abend noch eine wichtige Arbeit zu verrichten, so daß sie nicht abkommen konnte. Frau Honeck aber merkte genau, daß sie absichtlich Mutter und Sohn allein gehen ließ, weil sie mit ihrem zarten Empfinden wußte, daß diese Gänge im Abendfrieden ein Abschiednehmen von einer schönen, alten Zeit bedeuteten. Friedemann war rührend besorgt um seine Mutter. Wenn er es sich auch nicht eingestand, so war es ihm doch, als habe er ihr etwas abzubitten, und er versuchte es in jeder möglichen Art gutzumachen. Er litt ja selber unter dem Gedanken, daß die beiden Frauen, die seinem Herzen am nächsten standen, nicht zueinander hinfanden. Wenn er so mit seiner Mutter am Strand entlangging oder einen Weg über den Friedhof machte, dann brachte er das Gespräch immer wieder auf seine Braut, bemüht, die Mutter von ihren guten Eigenschaften zu überzeugen.

„Weißt du, Mutter, Lilli ist rührend anspruchslos. Ich habe ihr erklärt, daß wir in den ersten Jahren recht sparsam leben müßten. Da hättest du sie nur hören sollen. Sie sei mit allem zufrieden, ja sie wäre bereit, mit mir auch in einer armseligen Hütte zu wohnen. Und dann habe ich auch ganz offen mit ihr über meine Einstellung zur Religion gesprochen. Sieh, Mutter, manchmal schien es mir, als glaubtest du, ich lasse von meiner innersten Überzeugung um Lillis willen. Dieser Gedanke hat mich oft ganz unglücklich gemacht. Ich bin doch kein Schwächling, ich weiß doch, was ich mir und meinen Eltern schuldig bin. Sieh, so habe ich mit ihr über alles gesprochen, und sie ist mit allem einverstanden. ‚Hab Geduld mit mir', hat sie mich gebeten, und Tränen standen in ihren Augen, ‚ich gehe mit dir deinen Weg.' Glaube mir, Mutter, Lilli hat ein gutes Herz. Du wirst sie noch recht lieben lernen."

Wie gerne wollte Frau Honeck das alles glauben und wie gerne auch lieben, wenn nur — ach ja, wenn —, da waren wieder die alten Sorgen. „Ehe ist entweder Himmel oder Hölle", wer hatte es doch einmal gesagt? Aber hatte sie nicht all diese bangen Fragen in die Hände Gottes gelegt? Hatte sie noch ein Recht, sich mit Sorgen zu quälen? So lächelte sie ihren Sohn an: „Friedemann, ich freue mich über alles Gute, was du mir berichten kannst."

An einem strahlenden Frühlingstag war es, als Friedemann Honeck und Lilli Schnaider miteinander zum Traualtar schritten. Die alte, historische Stadtkirche war festlich geschmückt. Lillis Eltern hatten es so gewollt. Sie hatten es sich auch nicht nehmen lassen, den Festtag ihrer jüngsten Tochter zu finanzieren. So war es auch ihr Recht, das Arrangement zu treffen. Sie hatten bestimmt, daß die Festlichkeiten außerhalb der Kirche im Strandhotel stattfinden sollten. Frau Honeck und auch Friedemann hätten es lieber gesehen, wenn man im Rebenhäuschen geblieben und es ganz einfach zugegangen wäre, aber bei Lillis großer Verwandtschaft wäre es wohl doch zu eng geworden. Kurt Seeborg, der es möglich gemacht hatte, an der Hochzeit seines Freundes teilzunehmen, spielte in der Kirche die Orgel und begleitete seine Schwester Eva Maria bei ihrem Violinsolo. Die wundervoll harmonischen Klänge zwangen die Anwesenden zum Stillewerden, und so waren wohl alle Hochzeitsteilnehmer gesammelt und in ehrfurchtsvoller Erwartung, als der greise Pfarrer zu dem jungen Paar trat, um es zu segnen. Lilli zitterte am Arme ihres Verlobten. Zum Gerstenmal in ihrem Leben empfand sie die Weihe der Gegenwart Gottes. In ihrem Elternhause war man gewöhnt, das Leben zu genießen, Ewigkeitsfragen wurden nie behandelt. Bei den beiden älteren Schwestern hatte man von einer kirchlichen Feier abgesehen und sich mit einer standesamtlichen Trauung begnügt. Über die Kleine, die sich einen frommen Mann ausgesucht hatte, wurde gelächelt. In den ernsten Augenblicken vor dem Altar empfand Lilli, daß ihr Verlobter und seine Leute trotz ihrer einfachen Lebensweise ihnen allen etwas voraus hatten, und eine tiefe und starke Sehnsucht nach diesem Besitz erfüllte ihr Herz. Auch während des der Trauung folgenden Festessens war sie entgegen ihrer sonstigen Haltung ernst und still, so daß es auch den anderen auffiel. „Seht nur, unsere Kleine hat sich schon vollkommen dem Ton ihres neuen Kreises angepaßt", neckte ihre älteste Schwester. Da wurde Lilli verlegen und bemühte sich, die ernste Stimmung abzuschütteln. Und weil es eben nur Stimmung war, gelang es ihr, und sie war im Augenblick wieder die alte.

„So ist's recht", lobte die Schwester, „laß dir nur keine Mucken in den Kopf setzen!" Und sie hob lächelnd das Weinglas.

Frau Honeck wirkte in ihrem schlichten schwarzen Kleid auffallend einfach zwischen den modern gekleideten, mit Schmuck überladenen auswärtigen Gästen. Lillis Verwandte waren wohl freundlich zu ihr, aber es war eine herablassende Freundlichkeit, so, als sei die einfache Frau aus der Kleinstadt nicht gleichberechtigt. Frau Honeck saß zwischen ihnen als ein stiller Beobachter. Und plötzlich empfand sie ein tiefes Mitleid mit ihrer Schwiegertochter. Die leeren, oberflächlichen Gespräche, die an der Tafel geführt wurden, bewiesen ihr, in welcher Atmosphäre Lilli aufgewachsen und erzogen worden war. Kein Wunder, daß sie eine so ganz andere Lebensauffassung hatte. Armes Kind, dachte Frau Honeck, man hat deine Seele verkümmern lassen. Dich selbst trifft vielleicht die wenigste Schuld. Und sie nahm sich aufs neue vor, der jungen Frau ihres Sohnes ein liebewarmes Herz entgegenzubringen.

Es ging sehr lustig zu auf dieser Hochzeit. Lachen, Scherzen, Stimmung und Humor, und je lauter es zuging, desto einsamer fühlten sich zwei der Teilnehmer, Frau Honeck und Eva Maria. Sie sehnten sich nach der Stille des Rebenhäuschens, obgleich Frau Honeck die bange Ahnung nicht loswerden konnte, daß diese wohltuende Ruhe in ihrem Heim jetzt auch ein Ende haben würde.

Eva Maria blickte von Zeit zu Zeit verstohlen zu Friedemann hinüber. Sie hätte zu gerne gewußt, ob ihm das laute Treiben behage. Unwillkürlich dachte auch sie an die gemütlichen Abende im kleinen Wohnzimmer, wo sie sich gemeinsam an dem Inhalt guter Bücher erfreut hatten. Das war für immer vorbei! Friedemann Honeck aber hatte jetzt nicht Zeit, an seine kleine Pflegeschwester zu denken, die in ihrem himmelblauen Prinzeßkleid mit ihren blonden Flechten wie ein Bild aus einem Märchenbuch zwischen den anderen saß. Immer wieder mußte er seine schöne junge Frau ansehen, die, umwallt von ihrem weißen Brautschleier, selig lächelnd zu ihm emporschaute. Ja, er war glücklich an diesem, seinem Festtag. Oder glaubte er es etwa nur zu sein?

Am Nachmittag wurde eine Seefahrt gemacht. Der alte Hildebrandt hatte seine eigene Idee, den Ehrentag seines jungen Freundes festlich zu begehen. Er hatte eine Anzahl Segelkutter mit Girlanden schmücken lassen und erwartete nun im Sonntagsstaat mit einigen anderen Fischern die Hochzeitsgesellschaft. Lachend und scherzend bestieg man die geschmückten Boote, um bei strahlendhellem Sonnenschein hinaus aufs leuchtende Meer zu fahren. Ein wunderschönes Bild.

Frau Honeck war zurückgeblieben. Sie ertrug das Fahren auf dem Wasser nicht. So stand sie am Strand und blickte wie einst vor Jahren den sich entfernenden Kutterbooten nach. Es war ihr, als sei es nun Wirklichkeit geworden, was sich damals wie eine Lähmung auf ihr Herz gelegt hatte. Sie wußte, es war geschehen, da war die fremde Macht gekommen und hatte ihr ihren Sohn entrissen, und sie konnte nichts tun, als dem entgleitenden Fahrzeug nachblicken. Immer weiter entfernten sich die Boote, und nun waren sie ihren Blicken entschwunden. Über Frau Honeck kam ein Gefühl der Einsamkeit, wie sie es nie vorher empfunden hatte. War das nun das Ende? Was für einen Zweck hatte ihr Leben noch? Für ihren Sohn, nur für ihn hatte sie gelebt, und nun stand sie einsam und vergessen am Ufer? Aber nein, das sah ja beinahe aus wie Eifersucht, nein, eine solche Regung durfte sie nicht aufkommen lassen, das war unwürdig. Ach, warum nur immer aufs neue diese Unruhe? Dunkle Zweifel peinigten ihre Seele. Am Grabe ihres Mannes suchte sie stille zu werden. Ach, wie gut hatten es die, die schon vorausgegangen waren. Dann wieder schämte sie sich ihres Verzagtseins. Sie hatte sich doch vorgenommen, alles in die Hände Gottes zu legen. Wo war nun ihr Vertrauen? Warum dieses ewige Kämpfen und Ringen? Der Glaube ist nicht etwas, was man sich durch Übung aneignet, sondern was man sich jeden Tag aufs neue schenken lassen muß. – Auf dem stillen Gottesacker rang Frau Honeck um die Ruhe ihrer Seele. Eine ganze Weile stand sie in Ergriffenheit am Grabe ihres Mannes, als sich plötzlich eine Hand auf ihre Schulter legte. Eva Maria stand hinter ihr.

„Ich dachte, du seist bei den andern. Warum hast du nicht an der Fahrt teilgenommen?" fragte Frau Honeck.

„Ich war an meiner Mutter Grab", erwiderte das junge Mädchen, „ich fühlte mich so einsam." Und plötzlich rollten Tränen über ihr Angesicht. Aufschluchzend lehnte sie sich an die mütterliche Freundin. Frau Honeck streichelte ihr beruhigend über das Haar. „Mein Kind, dann ging es uns beiden gleich." Und nun schwiegen sie eine ganze Weile. Jedes ging seinen eigenen Gedanken nach. Dann fragte Eva Maria: „Darf ich Mutter zu dir sagen? Ich möchte es so gerne."

Hand in Hand gingen sie heim ins Rebenhäuschen, und sie wußten beide, daß sie sich gegenseitig brauchten.

*

Begeisterte Briefe kamen von der Hochzeitsreise, in denen Friedemann von seinen Erlebnissen in der Schweiz berichtete. Zum erstenmal stand er vor den gewaltigen Schneebergen, überwältigt von ihrer erhabenen Schönheit. Er konnte nicht anders, seine Mutter sollte wenigstens durch seine Schilderung an ihren Erlebnissen teilnehmen. Lilli sandte gewöhnlich nur einen flüchtigen Gruß. –

Das Rebenhäuschen war festlich geschmückt, als man das

junge Paar zurückerwartete. Im Eßzimmer war der Kaffeetisch gedeckt. Frau Honeck hatte Rahmtorte, Friedemanns Lieblingsgebäck, gebacken! Ja, sie freute sich auf die Heimkehr ihres Sohnes und wollte auch seiner jungen Frau einen herzlichen Willkomm entgegenbringen.

Eva Maria überblickte noch einmal die Tafel. Ja, nun konnten sie kommen. Es war alles bereit. Wie schön waren die Rosen in der Kristallschale. Die ersten in diesem Jahr. Da hörte sie auch schon die Autohupe vor der Türe. Friedemanns Chef hatte eine Geschäftsreise unternommen und das junge Paar eingeladen, die letzte Strecke ihrer Fahrt mit ihm in seinem Auto zurückzulegen. Jetzt waren sie da, und Friedemanns Stimme schallte wie in alter, froher Zeit durchs Haus.

„Mutter, liebe Mutter, da sind wir! Gott sei Dank, unser Häuschen steht noch, und da ist ja auch Eva, wie ein leibhaftiges Vergißmeinnicht sieht sie aus. Ach Kinder, es ist herrlich in der Schweiz und in Italien und wer weiß wo sonst noch, aber nichts geht über unser Kolberg und das Rebenhäuschen. Wie gut, daß wir wieder zu Hause sind!"

Man saß am Kaffeetisch und feierte das Wiedersehen. Frau Honecks Augen verweilten prüfend auf dem Gesicht ihres Sohnes. Friedemann war heiter und gesprächig, ja fast übermütig, aber es schien ihr, als sei es eine erzwungene Fröhlichkeit, die er zeigte. Oder sollte sie sich täuschen? Sie schalt sich selbst, daß sie schon wieder etwas suchte, und doch war das Mutterherz auf rechter Spur. Friedemann hatte an diesem Morgen einen unliebsamen Wortwechsel mit Lilli gehabt, die erste wirkliche Disharmonie in ihrer Ehe. Auf der Reise bei all den vielseitigen Erlebnissen war sie heiter und vergnügt gewesen, einige kleine Augenblickslaunen nahm er nicht tragisch, aber als die Heimreise angetreten wurde, hatte sich eine merkliche Unruhe bei der jungen Frau gezeigt, deren Ursache Friedemann sich nicht erklären konnte.

„Was ist mit dir, Lilli?" hatte er besorgt gefragt. „Du bist so erregt, mir scheint, die Reise mit ihren vielen neuen Eindrücken hat dich doch sehr mitgenommen. Es ist gut, daß wir jetzt nach Hause kommen, nach Hause, Lilli, in unser kleines Heim", und er hatte sie zärtlich an sich gezogen. Aber sie war gar nicht liebevoll gewesen. In sichtlicher Erregung entwand sie sich seinen Armen.

„Das ist es ja gerade, Friedemann, ich freue mich gar nicht auf das Heimkommen, ich weiß genau, wie es sein wird. Du wirst mit deiner Mutter alles besprechen, und sie wird wie immer bestimmen, und ich, ich —", nun schluchzte sie leidenschaftlich in ihr Taschentuch. Friedemann war bestürzt. „Aber Lilli, ich bitte dich, was soll das heißen?" Er versuchte sie zu trösten, aber sie war nicht so schnell zu beruhigen. Schon lange hatte sie sich mit dieser Angelegenheit beschäftigt, und sie ertrug es einfach nicht, sich herumkommandieren zu lassen.

„Herumkommandieren? Aber Kind, wer tut denn das? Ist meine Mutter je anders als freundlich und liebenswürdig zu dir gewesen? Ich weiß, Mutter wird sehr verständnisvoll sein und dir ein Herz voller Liebe entgegenbringen."

„Ja, natürlich, du läßt nichts auf deine Mutter kommen, das habe ich längst gemerkt, aber meine Eltern haben recht, wenn sie mir sagen, ich soll nur gleich von vornherein meinen Standpunkt behaupten und mich nicht unterdrücken lassen. Ich werde mir aber auch nichts gefallen lassen." Aufgeregt zupfte sie an ihrem Batisttuch herum und weinte, als sei ihr schon jetzt das größte Unrecht geschehen. Friedemann war sprachlos und tatsächlich auch hilflos diesem Gefühlsausbruch gegenüber. Bei den Frauen aus seinem Bekanntenkreis hatte er nie etwas Derartiges erlebt. Er konnte sich weder seine Mutter noch Eva Maria so unbeherrscht vorstellen. Er versuchte, Lilli zu trösten und zu beruhigen, was ihm erst nach und nach gelang. Aber auch jetzt kannte er sich nicht aus. Kaum hatte sie ihre Tränen getrocknet, da plauderte und scherzte sie wieder lustig und vergnügt, während es ihm war, als habe sich in sein Herz eine dunkle Wolke gesenkt, und es fiel ihm schwer, dieses drückende, ja quälende Gefühl wieder loszuwerden. Wie sollte es nur zu Hause werden, wenn Lilli solchen törichten Ideen nachging?!

Aber nun saßen sie daheim an Mutters Kaffeetisch. Wie gemütlich war es hier, nichts von dem steifen Ton und Geist der verschiedenen Hotels, in denen sie auf ihrer Reise gewohnt hatten. Hier walteten der Friede und die Liebe.

Friedemanns Gedankengang wurde unterbrochen durch Eva Maria, die der jungen Frau die Tortenplatte bot. „Aber Lilli, du hast ja noch nichts von der schönen Rahmtorte versucht. Komm, nimm dir ein Stück!"

„Nein, danke!"

Friedemann sah seine Frau an und gewahrte wieder diesen mißlaunigen, unzufriedenen Ausdruck auf ihrem Gesicht. „Nanu, Lilli, warum ißt du nicht?"

Da fuhr sie ihn beinahe an: „Du weißt doch ganz genau, daß mir diese Torte viel zu schwer im Magen liegt. Ich kann sie nun einmal nicht vertragen."

Frau Honeck war ganz bestürzt. „Ach, wie tut mir das leid, aber das habe ich wirklich nicht gewußt, sonst hätte ich noch etwas anderes gebacken. Ich dachte nur, weil Friedemann sie so gerne ißt ... Aber Eva kann schnell zum Konditor gehen und anderes Gebäck holen." Eva Maria sprang dienstbeflissen auf. „Ja, natürlich, was soll ich bringen?"

Aber die junge Frau war keineswegs zugänglich. „Nein, ich will nichts, du brauchst dich erst gar nicht zu bemühen, ich esse doch nichts." Alle sahen sie erstaunt an. Mit griesgrämigem Gesicht fuhr sie fort: „Ich habe übrigens gräßliche Kopfschmerzen. Diese Rosen haben einen entsetzlich starken Duft, es wird mir ganz übel davon. Ich will lieber zu Bett gehen."

Friedemann war bis unter die Haarwurzeln errötet. Er beherrschte sich aber und antwortete in ruhigem Ton: „Ja, dann ist es wohl besser, wir gehen hinauf in unsere Wohnung, du bist müde und von der Reise angegriffen, du brauchst jetzt Ruhe." Er stand auf. Eva Maria fragte, ob sie Lilli noch irgendwie behilflich sein könnte, aber Friedemann lehnte dankend ab. Er wollte verhüten, daß Eva ähnliches hörte, wie Lilli ihm gesagt hatte.

Die beiden waren hinaufgegangen. Frau Honeck und Eva Maria räumten den Tisch ab. Sie taten es schweigsam. Beiden war es, als sei etwas Schweres, Dunkles in ihre traute Häuslichkeit gedrungen, und im Grunde genommen war doch gar nichts passiert. Aber ein einziges kaltes Wort, eine lieblose Bemerkung genügt, um Herzen zu verwunden, die Sonne zu verscheuchen und eine beklemmende Atmosphäre von Frost und Unbehagen zurückzulassen. Sie spürten es beide und litten darunter.

Frau Honeck mußte auf ihr Zimmerchen eilen. Dort schloß sie die Türe hinter sich zu und bemühte sich, vor allem innerlich stille zu werden. War das der Anfang? Sie hatte versucht, alles zum Willkomm festlich zu gestalten, und nun? Die Torte wurde verschmäht, der Duft der Rosen war zu aufdringlich ...; aber sie fühlte nur zu gut, daß es sich hier nicht um diese Äußerlichkeiten handelte, hier wurde mehr verschmäht als Rosen und Torte. Wie anders hatte sie sich die Heimkehr des jungen Paares vorgestellt. Sie hatte gemeint, mit den Kindern so recht gemütlich zusammensitzen zu können, man hatte sich doch manches zu erzählen, und dann hätte man ein wenig musizieren können, Friedemann am Harmonium und Eva mit der Geige. Und zum Schluß hatte sie vorgehabt, ein Kapitel aus der Bibel zu lesen und mit den Kindern zu beten. Sie meinte, das wäre so passend zu einem würdigen Einzug gewesen. Und nun?

„Ach", seufzte Frau Honeck in ihrem kleinen Stübchen, „ich habe nie gewußt, daß das Lieben so schwer sein kann."

Oben in der Wohnung des jungen Paares lag Lilli schluchzend in ihrem Bett. So also war ihr Einzug? An sie hatte niemand gedacht, für sie war nichts gebacken worden, nur für den Sohn, nur für ihn. Wie ein trotziges Kind verbohrte sie sich in den Gedanken, daß ihr bitter Unrecht geschehen sei. Und diese Eva Maria, es lag doch klar auf der Hand, daß deren bescheidenes Wesen eine elende Komödie war. Die wußte genau, wie fabelhaft ihr das hellblaue Kleid zu den blonden Zöpfen stand. Und Friedemann hatte sie „Vergißmeinnicht" genannt. Zu ihr hatte er das noch nie gesagt. Ach, sie war recht unglücklich, und sie weinte verzweifelt in ihr Kissen. Aber sie hatte es Friedemann gesagt, er sollte nur nicht denken, daß sie sich derartiges, nachdem sie noch nicht einmal ganz fünf Wochen verheiratet waren, gefallen ließe.

Friedemann hatte seine Frau schweigend angehört, und dann war er ohne ein Wort zu erwidern in das Nebenzimmer gegangen. Dort stand er nun im Dunkeln am Fenster und blickte mit zusammengekniffenem Mund und in Erregung verkrampften Händen hinaus auf die Straße, in die Nacht. Der Duft der blühenden Akazien drang süß zu ihm herein, ein Sternlein leuchtete vom Himmel, als wolle es ihm zuwinken: „Willkommen daheim!" Er aber hatte sich die Heimkehr anders vorgestellt.

*

Nun war es nicht so, als ob im Rebenhäuschen ein häßlicher Streit zwischen den Familienmitgliedern entbrannt wäre, das verbot ihnen Takt und Erziehung, und außer Lilli besaßen alle genügend Herzensbildung, um derartigem bewußt aus dem Wege zu gehen. Aber es müssen nicht unbedingt lieblose oder gehässige Worte sein, die zu Disharmonien führen. Die Gesinnung, der Geist eines Menschen genügen schon, um den Frieden und die Harmonie eines ganzen Hauses zu stören. Es muß auch gesagt werden, daß Lilli, die junge Frau, solche Mißstimmungen nicht einmal vorsätzlich heraufbeschwor. Sie war eben gewöhnt, all ihren schnell wechselnden Stimmungen nachzugehen und sich überall und zu aller Zeit als die Hauptperson des Kreises, in dem sie sich bewegte, anzusehen. Dieser ausgesprochene Egoismus wirkte natürlich wie ein Fremdkörper im Hause ihres Mannes, wo sonst nur der Ton der Liebe regierte.

Nach jenem gestörten Einzugsabend hatte Friedemann lange und ernst mit ihr gesprochen und versucht, ihr klarzumachen, daß ein harmonisches Zusammenleben mit der

Mutter und Eva nicht möglich sei, wenn sie nicht dieses gänzlich unbegründete Mißtrauen aufgebe. „Wir alle haben dich lieb", versicherte er ihr, „du mußt dir doch darüber klar sein, daß mich solche Zwischenfälle unglücklich machen." Nein, unglücklich wollte Lilli ihn gewiß nicht machen. „Ich habe es doch gar nicht so gemeint", schmollte sie, „nun bist du gleich böse."

„Nein, Liebling, böse bin ich nicht, aber wir müssen uns von vornherein darüber klar sein, daß der Friede unseres Hauses, der bisher hier herrschte, gewahrt werden muß." Lilli wollte schon wieder aufbegehren: „Willst du damit sagen, daß ich den Frieden störe?" Aber dann zog sie es doch vor zu schweigen, und Friedemann war froh, daß sie versöhnlich gestimmt war. Sie war eben ein richtig verzogenes Kind, aber mit der Zeit würde sie sich schon fügen. Er glaubte an sie, weil er sie liebte und mußte doch bald erkennen, daß selbst seine Liebe nicht genügte, um sie zu ändern.

*

Herr und Frau Schnaider saßen in ihrem luxuriös eingerichteten Eßzimmer am Kaffeetisch. Sie liebten es beide, die Frühstückszeit in behaglicher Ruhe zu genießen. Frau Schnaider lehnte in einem eleganten Morgenrock im Sessel und war in die neueste Modenzeitung vertieft, während ihr behäbiger Gatte sich mit Hingabe den diversen Fleisch- und Wurstplatten widmete. Er gehörte zu denen, die vor allen Dingen gut leben, reichlich essen und trinken wollen, und hatte selbst im Krieg und in den darauffolgenden Inflationsjahren, wo Tausende hungerten, nie eigentlichen Mangel gekannt. Er bildete sich etwas darauf ein, heimliche Quellen zu haben, die ihn ausgiebig versorgten. Was kümmerte es ihn, ob seine Volksgenossen darbten!

Die Post wurde hereingebracht. Herr Schnaider sah sie flüchtig durch und schob sie beiseite. Er liebte es nicht, während der Mahlzeit gestört zu werden.

„Hat keines der Mädchen geschrieben?" fragte Frau Schnaider über ihre Lektüre hinweg. „Margot wollte mir doch mitteilen, wie ihr neuestes Gesellschaftskleid ausgefallen ist. Sie hat sich doch extra einen Schnitt von Paris schicken lassen, und Ella muß doch auch in diesen Tagen von der Badereise zurückkehren. Sie hat lange nichts von sich hören lassen; aber da ist doch ein Brief von Lilli unter deiner Post, ich erkenne ihn an der Handschrift. Laß sehen!"

„Ja, richtig, ich hatte das vollständig übersehen, hier ist er." Herr Schnaider reichte seiner Frau das zartrosa Kuvert.

„Soll ich dir vorlesen, was sie schreibt?"

Er nickte und belegte sich ein weiteres Brötchen mit Braten. Seine Frau las:

Kolberg, den 15. 8. 1929

Meine liebe Mama!

Vielen Dank für Deine beiden Pakete. Das Rauchfleisch und die Würste waren vorzüglich, ganz besonders aber habe ich mich über die Süßigkeiten gefreut. Hier bekomme ich so etwas ja nicht. Friedemann geht mir schon bald auf die Nerven mit seinem ewigen Sparen. Ich begreife ihn überhaupt nicht, wir leben doch jetzt in ganz geordneten Zeiten, man kann doch wieder ziemlich alles kaufen, aber ich muß über jeden Pfennig, den ich ausgebe, Rechenschaft geben, und wenn das Haushaltungsgeld nicht ausreicht (und gewöhnlich habe ich schon in der Hälfte des Monats nichts mehr), dann hält er mir lange Moralpredigten und behandelt mich wie ein kleines Kind. Ich kann doch wahrhaftig nichts dafür, daß hier alles so teuer ist. Dann will mich seine Mutter immer belehren und mir beibringen, wie ich sparsamer wirtschaften soll. – Ach, überhaupt meine Schwiegermutter! Ich habe Euch ja schon verschiedentlich Andeutungen gemacht. Sie behandelt mich direkt empörend. Nichts kann ich ihr recht machen. In alles mischt sie sich herein, und wenn sie auch in den sanftesten Tönen spricht, so durchschaue ich die Sache doch ganz genau. Ihr habt leicht reden, ich solle mich durchsetzen und mir nichts gefallen lassen. Ich bin vor lauter Aufregung schon ganz krank. Und diese scheinheilige Person von Eva, ich werde den Gedanken nicht los, daß sie es auf Friedemann abgesehen hat. Ach, ich bin oft sehr unglücklich. Mein Mann ist ja sonst gut zu mir, aber er läßt eben auf die beiden nichts kommen. Ich muß Schluß machen, ich höre ihn kommen, und mein Essen ist noch nicht fertig. Seht, das ist auch wieder eine solche Idee von ihm, daß er behauptet, wir würden ohne Dienstmädchen fertig. Ich komme mir oft vor wie ein Scheuerweib. Ihr müßtet nur meine Hände sehen. Hier fragt niemand danach.

Aber jetzt Schluß. Ich will nämlich nicht, daß Friedemann diesen Brief liest. Noch eins. Schickt mir doch bitte Seide für ein neues Sommerkleid. Mama, Du kennst ja meinen Geschmack. Und einige der neuen Hautpflegemittel hätte ich gerne. Hier ist ja außerhalb der Saison nichts Gescheites zu haben, und Ihr habt in Leipzig doch ganz andere Auswahl. Ach, mein liebes Leipzig, was gäbe ich oft darum, dort zu sein. Laßt Euch nun herzlich grüßen von Eurer Lilli.

*

Frau Schnaider sah ihren Mann mit dem Ausdruck höchster Empörung an. „Was sagst du nun dazu?"

Herr Schnaider wischte mit seiner Serviette die Brotkrümel von seinem Rock und trank bedächtig den letzten Rest Kaffee aus der Tasse, was seine nun bis aufs äußerste gereizte Frau beinahe zum Rasen brachte. „Was ich dazu sage?" erwiderte er endlich. „Sie soll sehen, wie sie mit ihm fertig wird. Sie hat ihn ja unbedingt haben wollen, diesen frommen Betbruder, trotzdem ich mir nicht denken konnte, wie unser lebenslustiges Mädel . . ."

Frau Schnaider wartete das Ende des Satzes nicht ab, sondern unterbrach ihn fast schreiend vor Aufregung: „Sie soll sehen, wie sie mit ihm fertig wird? Ist das alles, was du weißt? Ist das deine einzige Antwort auf den Notschrei deines verzweifelten Kindes? Es ist empörend, was sich Lilli gefallen lassen muß. Das geht nun schon so während der sieben Monate ihrer Ehe. Nein, ich dulde das nicht länger", und nun fing sie an zu schluchzen, und eine merkwürdige Ähnlichkeit zwischen ihr und ihrer jüngsten Tochter trat zutage, „ich verlange, daß du noch heute, nein auf der Stelle, an Friedemann und vor allen Dingen an diese — diese — Person von Schwiegermutter einen Brief schreibst und beiden gehörig deine Meinung sagst. Das arme Kind — das arme Kind."

„Das Schreiben besorgst du lieber selber", erwiderte der behäbige Gatte, „du weißt, ich bin kein Freund von solchen unliebsamen Erörterungen, und außerdem hat die Kleine ja auch an dich und nicht an mich geschrieben." Herr Schnaider nahm die Post und begab sich in sein Kontor.

„Ja, natürlich", rief die empörte Gattin hinter ihm her, „für so etwas bist du nicht, kümmerst dich nicht darum, ob das Kind zugrunde geht, aber ich weiß, was ich zu tun habe. Ich werde ihr schreiben, daß sie die Scheidung einreicht. Dann kommt sie eben wieder nach Hause."

„Gnädige Frau sind heute sehr nervös", sagte die Näherin, als sie etwas später kam, um Frau Schnaider ein Kleid anzuprobieren, und nichts, aber auch gar nichts klappen wollte. „Sie sollten in ein Bad zur Erholung reisen." — Ist's ein Wunder, dachte Frau Schnaider, bei solchen Aufregungen! Ach ja, eine Mutter hat's nicht leicht. Herr Schnaider aber seufzte auch. Ihm schien es nicht verwunderlich, daß sein Schwiegersohn in Kolberg hin und wieder ungehalten war, Lilli hatte sichtlich die Anlagen ihrer Mutter geerbt. Ja, man hat es nicht leicht als Vater.

*

Elisabeth Werner, Eva Marias Schwester, hatte soeben ihre Küche besorgt und begab sich nun in das angrenzende Wohnzimmer, wo ihr Mann eben die letzten Arbeiten am Bau eines kleinen Pferdestalles verrichtete.

„Günther, gib nur auf den Teppich acht, mach mir keine Flecken darauf", sagte sie und beugte sich besorgt zum Fußboden.

„Nein, mein Frauchen, sei ohne Sorgen, ich passe schon auf, und übrigens bin ich gleich fertig. Wie wird der kleine Kerl sich freuen, wenn er morgen aufwacht. Willst du ihm jetzt seinen Geburtstagstisch decken?"

„Nein, ich will erst noch Eva Marias Brief beantworten. Ich habe das Gefühl, sie wartet darauf. Das Kind leidet mehr, als es uns wissen läßt."

„Ja, der Friedemann, ich glaube, die schöne Harmonie im Rebenhäuschen ist ziemlich gestört seit seiner Eheschließung.

Na, mich geht's nichts an, ich hab ja mein Frauchen. Man muß eben vorher wohl überlegen, was man tut, dann hat man nachher nichts zu bereuen."

Günther Werner arbeitete weiter an dem Geburtstagsgeschenk für sein Kind, während Elisabeth sich mit ihrer Schreibmappe an den Tisch setzte.

„Was hast du übrigens außerdem noch für unseren Jungen zu seinem morgigen Fest gekauft?" wollte er nach einer Weile wissen.

„Außerdem, Günther? Der Pferdestall mit den beiden Pferdchen genügt doch ganz gewiß. Dann habe ich ihm noch aus einer alten Schürze von mir zwei neue gemacht, dazu zünden wir ihm die Geburtstagslichtlein an, und die Sache ist fertig. Nein, Vati, wir wollen von vornherein unsere Kinder zur Bescheidenheit und Genügsamkeit erziehen. Haben wir es nicht selbst durchmachen müssen, wie schwer die Umstellung war? Nichts ist so schlimm, als wenn ein Mensch meint, es müsse ihm jeder Wunsch erfüllt werden. Was an uns ist, so wollen wir alles tun, um aus unseren Kindern anspruchslose Menschen zu machen. Ja, für das Gute und Edle wollen wir sie begeistern und ihren Sinn frühzeitig dem Göttlichen zuwenden. Das allein hält stand im Leben. Ich fürchte, das ist es, was auch Friedemanns Frau fehlt, und nach meinen Beobachtungen an der Hochzeit, wo ich Lillis Eltern kennenlernte, haben diese in der Erziehung manches versäumt. Nein, Günther, wir wollen uns einmal keine Vorwürfe machen müssen."

Fast ehrfürchtig blickte Günther Werner auf seine junge Frau, die da vor ihm saß, das Herz voll mütterlicher Sorgen, und sich bemühte, ihren Kindern das Beste mit auf den Weg zu geben. Wie reich bin ich, dachte er, im Besitz einer solchen Frau und meiner beiden herzigen Kinder. Was schadet es, daß wir nur eine kleine, schlichte Wohnung haben und ich vorerst nur Aushilfsarbeit auf dem Amt verrichten kann, es ist doch schon viel besser wie vor einigen Jahren, wir sind gesund, haben unser täglich Brot und sind vor allem glücklich miteinander. Wahrlich, dies ist Reichtum.

Elisabeth schrieb an ihre Schwester:

Danzig, den 25. 10. 1929

Liebe kleine Evi! Meine beiden Kinder liegen süß schlafend in ihren Bettchen. Sie haben sich müde getollt. Günther, der seit einiger Zeit Aushilfsdienst auf dem Amt verrichtet, wofür wir sehr froh sind, hat auch Feierabend gemacht und baut für unseren Bubi ein Geburtstagsgeschenk. Eine wohltuende Stille liegt über unserem kleinen Heim. Es ist so gemütlich bei uns. Wie schön wäre es, wenn Du jetzt auch hier wärest. Da das aber nicht möglich sein kann, will ich Dir wenigstens einen lieben Brief schreiben. Ich bin mit meinen Gedanken viel bei Dir, Schwesterlein, und besonders nach Deinem letzten Brief nicht ohne Sorge. Du schreibst ja nicht viel von dem, was Dich bedrückt, aber glaube mir, ich spüre es doch. Warum sprichst Du nicht einmal mit Frau Honeck darüber, daß Lilli Dich so gehässig behandelt? Ich weiß nicht, ob Dein Schweigen immer das richtige ist. Du schreibst, Friedemann tut Dir leid. Gewiß, aber schließlich hat er sich diese Frau selbst gewählt, so muß man annehmen, daß er sie liebt. Ich bin nur froh, daß Du in Frau Honeck eine so mütterliche Freundin hast. Im Geist begleite ich Euch auf Euren Spaziergängen am Meeresstrand. Wie schön muß das sein! Nur schade, daß Friedemann so selten mitgeht, weil seine Frau eben kein Interesse daran hat. Frau

Honeck wird sicher sehr darunter leiden. Sie war mit ihrem Sohne doch stets so stark verbunden. Ach Evi, zu denken, daß ich einmal mit meinem Bubi Ähnliches durchmachen müßte. Oft ist es mir, als seien wir Mütter zum höchsten Erdenglück, aber auch zum tiefsten Leid berufen. Noch eins, Evi, ich muß oft an Kurt denken. Er ist doch sicher manchmal recht einsam in Stargard. Hast Du noch nie den Gedanken erwogen, zu ihm als seine Haushälterin zu gehen? Ich glaube, er würde das sehr begrüßen. Aber natürlich nur, wenn Du Lust und Freudigkeit dazu hast. Ich will Dir selbstverständlich keine Vorschriften machen, aber ich dachte, wenn es schließlich einmal unerträglich für Dich im Rebenhäuschen würde, dann hättest Du bei Kurt einen schönen Wirkungskreis. Du sollst auch wissen, daß Du immer und zu jeder Zeit bei uns eine Heimat finden würdest. Günther ist ein so lieber, verständiger Mensch, und unsere beiden Kinderlein sind ein unbeschreiblicher Reichtum und eine nie versiegende Quelle der Freude für uns. Aber ich glaube, Du denkst nicht daran, Dich zu verändern. Ich kenne mein kleines Schwesterlein zur Genüge, um zu wissen, daß es seine mütterliche Freundin, die ihm in schwerer Zeit so liebevoll ein Heim geboten hat, nicht verläßt. Lieber schluckt es tapfer das Schwere hinunter.

Von uns ist weiter nichts Neues zu berichten. Die Kinder wachsen heran. Sie plaudern lustig und fragen oft, ob Tante Evi nicht bald wieder einmal käme. Deine Photographie auf dem Schreibtisch weist viele Kußflecken auf, Liebesbeweise unserer Kinder.

Daß Kurt so aufrecht seinen Weg geht, ist doch fein. Er wird bestimmt sein Ziel erreichen und ein tüchtiger Arzt werden. Wir können stolz auf unseren Bruder sein.

Und nun, kleine Schwester, sei weiterhin tapfer! Denke an unseren guten Vater, der so mutig seinen Weg ging. Jetzt sind unsere Eltern wieder vereint und haben all das Leid dieser Zeit hinter sich. Wie wird Mutti glücklich sein! Sie trug ja so schwer an den ihr auferlegten Bürden. Wir haben wohl noch eine Strecke Weges zu wandern, und das ist schön, wir sind ja jung, aber wir wollen uns bemühen, dem Vorbild unserer Eltern nachzueifern und ihnen Ehre zu machen. Bei all dem Schweren, was auch mir schon begegnet ist, habe ich immer die Gewißheit, daß Gott nie mehr zuläßt, als wir imstande sind zu ertragen. Wenn es genug ist, sorgt er auf irgendeine Weise für eine Änderung.

Behüt dich Gott, Eva Maria. Alle grüßen Dich herzlich und in treuer Liebe, besonders aber Deine Schwester

Elisabeth.

Als Eva diesen Brief las, konnte sie es nicht verhindern, daß ein paar Tränen darauf niederfielen. Dann aber faltete sie ihn zusammen und legte ihn in ihre Mappe. „Elisabeth, du Liebe, ich weiß, du sorgst dich um mich und meinst es gut, aber Mutter verlassen? Jetzt? Nein, das ist unmöglich. Ich weiß es, sie braucht mich."

Als Friedemann eines Abends aus dem Geschäft nach Hause kam, fand er seine junge Frau wieder einmal in Tränen aufgelöst. Der Tisch war nicht gedeckt, das Essen überhaupt nicht vorbereitet. „Nanu, Lilli, was ist los", fragte er, „warum weinst du?"

„Warum, fragst du noch? Es ist ja immer dasselbe. Ich tauge nichts und ich kann nichts. Aber ich sage dir, ich mache Schluß, Mama hat ganz recht, ich packe meine Sachen und reise zu meinen Eltern. Ich habe es gar nicht nötig, mir diese Schikanen auf die Dauer bieten zu lassen."

Friedemann bemühte sich ruhig zu bleiben. „Willst du mir nicht wenigstens erst einmal sagen, was vorgefallen ist?"

„Ach, ich wollte zum Abendessen eine Süßspeise machen. Da mischte sich natürlich deine Mutter wieder hinein. Es geht ja nicht, daß etwas in diesem Hause geschieht, ohne daß sie mitspricht. Das sei kein Essen für einen Mann, du machtest dir überhaupt nichts aus Süßigkeiten, ich sollte lieber etwas Kräftiges auf den Tisch bringen usw. Und dann kritisierte sie meine Wäsche und ließ an meinem ganzen Haushalt keinen guten Faden. Aber ich habe genug, ich weiß, sie kann mich nicht leiden, und Eva genausowenig, aber ich weiß auch, was ich zu tun habe. Ich mache Schluß, noch heute packe ich meinen Koffer."

Diese Drohung schüchterte Friedemann nicht sehr ein. Lilli hatte leider nur schon zu oft ihre Koffer packen wollen. Es war ja nicht der erste Auftritt dieser Art. Aber er versuchte doch zu vermitteln. „Lilli, du hast sicher die ganze Angelegenheit wieder verkehrt aufgefaßt. Wenn ich der Sache auf den Grund gehe, verändert sich das Bild jedesmal merklich. Du darfst wirklich nicht so empfindlich sein. Aber ich will mit Mutter reden."

„Natürlich, ich bin empfindlich, so ist es ja immer, ich, ich und noch einmal ich bin schuld. Ich werde es ja nicht erleben, daß du mir einmal recht gibst und einsiehst, wie ich in diesem Hause behandelt werde."

„Möchtest du mir bitte sagen, was ich zum Abendessen bekomme?" fragte Friedemann, dem es jetzt wirklich schwer fiel, seine Ruhe zu bewahren. „Geh doch zu deiner Mutter", schrie sie ihn an, „die versteht es ja besser, für dich zu sorgen als ich! Geh doch zu ihr!"

Friedemann nahm seinen Hut und ging. Frau Honeck, die ihn das Haus verlassen hörte, wäre ihm am liebsten nachgeeilt. Der Wortwechsel war ihr nicht entgangen, aber vielleicht war es besser, wenn sie ihn jetzt allein ließ. Sie spürte, daß sie sich nicht zwischen Mann und Frau stellen durfte. Er mußte damit fertig werden. Hier hieß es wieder schweigen. Seufzend ging sie in ihr Zimmer. Ach wie oft war es nun schon so gewesen. Es war genau so gekommen, wie sie es vorausgesehen hatte. Aber ihre Hände waren gebunden. Es schien, als ob alle Versuche, zu helfen und sich der Schwiegertochter zu nähern, vergeblich wären. Wie an einem harten Fels prallte alles ab. Und nun ging ihr Junge in die Nacht hinaus. Ganz sicher hatte er wieder nichts gegessen. Und sie durfte ihm nicht einmal etwas anbieten. Die Schwiegertochter faßte ja alles verkehrt auf. Jeder gutgemeinte Rat wurde falsch ausgelegt, hinter jeder Frage witterte sie in mißtrauischer Art einen Hintergedanken. Frau Honeck war oft schier verzweifelt. Sie versuchte es auf jede Art, aber es war alles vergeblich. Lilli machte aus ihrer Abneigung keinen Hehl mehr. Frau Honeck wäre zu jedem Opfer bereit gewesen, wenn sie nur die Harmonie und den Frieden des Hauses zu wahren imstande gewesen wäre.

Inzwischen lief Friedemann am Strande entlang. Der Herbststurm raste durch die Lüfte. Die Wogen zerschellten krachend am Strand. Auch in Friedemanns Herz stürmte es. Er lachte bitter auf. Seine Strandspaziergänge waren so selten geworden, es mußten Anlässe wie der heutige kommen, daß er den Strand betrat. Seine Frau liebte solche Gänge nicht. Sie zog es vor, in einem Kaffee zu sitzen und die neuesten Schlager im Radio zu hören. Es war überhaupt in allem so. Alles, was er liebte und woran er sich freute, das war ihr langweilig, das konnte sie nicht ausstehen, und Dinge, die ihm widerstrebten, die imponierten ihr, dafür hatte sie eine besondere Vorliebe. War denn das immer so gewesen? Hatte er das alles nicht vorher gesehen? Aber die Mutter hatte ihn ja frühzeitig darauf aufmerksam gemacht. Hatte sie also doch recht gehabt? Friedemann nahm den Hut vom Kopf. Trotz des ungemütlichen Herbstwetters war es ihm heiß. Ah, welch eine Wohltat, den kühlen Wind in seinem Haar spielen zu lassen. Wenn er nur all das Schwere, das auf ihm lastete, hätte hinwegwehen können, aber das saß tiefer.

Stundenlang lief er am Strand umher, und all die Not der vergangenen Tage lastete unheilvoll auf seiner Seele. Wie sollte er sich nur verhalten zu all dem, was auf ihn einstürmte? Es verging kaum ein Tag, wo es nicht ähnlich zuging wie heute. Es war schon soweit gekommen, daß er nur mit Widerwillen aus dem Geschäft nach Hause ging. Seine Frau hatte immer zu klagen. Einmal war es die Mutter, dann wieder Eva, und sie wußte die Begebenheiten so zu schildern, daß es ihm oft selbst war, als täte man Lilli unrecht. Wiederholt war er schon zu seiner Mutter gegangen und hatte sie zur Rede gestellt, oft sogar in recht gereiztem Ton. Aber wenn er sie dann vor sich sah, die Gütige, Liebevolle, dann wußte er es genau: sie war schuldlos an diesen Auftritten. Gewöhnlich nahm sie vorsätzlich die Schuld auf sich: „Vielleicht liegt es an mir, ich treffe gewiß nicht den richtigen Ton ihr gegenüber", oder „ich bin vielleicht etwas ungeduldig gewesen", dann fühlte er genau, daß das Recht auf ihrer Seite war. Machte er aber seiner Frau nur die leisesten Vorhaltungen, dann gab es die ihm so entsetzlichen Auftritte. Ach dieses hysterische Weinen, wie ihm das auf die Nerven ging, und dann hieß es gleich: „Ich weiß es, du liebst mich nicht mehr, du bist meiner schon überdrüssig", und was derartige törichte Redensarten mehr waren. Dann aber konnte sie auch wieder so rührend bitten: „Friedemann, wenn auch du noch mit mir schimpfst, dann habe ich niemand mehr in diesem Hause, der zu mir hält, und ich bin ganz einsam." Ach, es war oft beinahe nicht mehr zu ertragen. Nie vorher hatte man solche Auftritte im Rebenhäuschen gekannt, und nun schien es von Tag zu Tag schlimmer zu werden. Natürlich litt das gegenseitige Verhältnis darunter. Er liebte Lilli selbstverständlich nach wie vor, manchmal aber kam es wie eine heiße Angst über ihn. Würde es auf die Dauer so gehen? Es gab keine Liebe ohne Achtung. „O Gott, mein Gott", seufzte er in seiner Not, und es war ihm nicht einmal bewußt, daß er aus seinem angsterfüllten Herzen heraus den Namen Gottes anrief. Ach, wenn Lilli nur verständig gewesen wäre und sich raten und helfen ließe, aber man half doch keinem Menschen, wenn man seine Fehler zudeckte und geflissentlich übersah. Friedemanns Herz fühlte nach wie vor einen starken Zug zu seiner Mutter, aber eine gewisse Scheu hielt ihn vor ihr zurück. Er fürchtete sich, ihr in die Augen zu blicken, denn er hätte ihr schon jetzt, wo sie kaum ein Jahr verheiratet waren, gestehen müssen, daß sie recht gehabt hatte, und das konnte er doch nicht. Furchtbar empörte es ihn auch, wenn Lilli versuchte, Eva Maria in seinen Augen herabzusetzen. Er kannte seine Pflegeschwester doch zu genau, um zu wissen, ob er ihr vertrauen konnte oder nicht. Es mußte Eifersucht sein, die seine Frau zu solch gehässigen Äußerungen bewog. Dabei blieb Eva nach wie vor gleich liebenswürdig und entgegenkommend. Wieviel Arbeit nahm sie Lilli ab! Seine Frau hatte in Wirklichkeit keine Ahnung von der Führung eines Haushaltes.

Es wurde später und später. Friedemann konnte sich noch immer nicht zum Heimgehen entschließen. Er wußte, seine Mutter saß jetzt in ihrem kleinen Zimmer und betete für ihn. Sie betete! Unwillkürlich beugte auch er das Haupt, und da meinte er die Stimme seiner Mutter zu hören: „Friedemann, hast du über diese Sache schon mit Gott gesprochen?" Mit Gott gesprochen!! Das war ja gerade das Schrecklichste von allem, er fühlte es genau, daß er in letzter Zeit den Händen seines Gottes entglitten war. Er wollte es nicht, gewiß nicht, aber ganz unmerklich war es gekommen. Seine Frau ging ja auch auf diesem Wege nicht mit ihm. Wohl hatte sie es ihm vor der Ehe versprochen, aber es war ja so manches ganz anders gekommen, als er es sich vorgestellt hatte. Seine Mutter betete für ihn. Wie lange war es her, seitdem er in kindlichem Vertrauen, wie er es seit frühester Kindheit gewohnt war, gebetet hatte? Versuchte er es jetzt, die Nähe Gottes aufzusuchen, so spürte er es, daß da etwas zwischen Gott und ihm stand. Ob Gott noch mit ihm sein konnte, weil er sich seinen Weg ertrotzt hatte? Ach, Friedemann wußte alles nur zu gut, aber was sollte er tun? Es gab doch nun kein Zurück mehr. — So kämpfte er in der sturmgepeitschten Nacht und irrte am Strand entlang, als sei er heimatlos. War er es nicht wirklich?

*

Zwei Jahre waren seit dem Hochzeitstag vergangen, als Friedemann Honeck eines Tages zu seiner Mutter kam, um ihr in freudiger Erwartung ein Geheimnis mitzuteilen. „Mutter, jetzt wird alles gut. Lilli erwartet ein Kind." Frau

Honeck schloß ihren Sohn bewegt in die Arme. „Mein Junge, wie ich mich freue!" und ihre Augen strahlten in der Vorfreude auf ihr Enkelchen. „Großmutter", lachte Friedemann, „da hast du dann wieder etwas zum liebhaben." Und plötzlich schimmerte es feucht in seinen Augen. Er verließ das Zimmer, um seine Bewegung zu verbergen. Frau Honeck aber mußte ihre Freude gleich weitertragen. Eva Maria teilte sie in herzlicher Weise mit ihr. Und nun begann ein frohes, emsiges Schaffen. Hemdchen, Jäckchen, Häubchen, Lätzchen, all die kleinen Sächelchen wurden mit Liebe angefertigt. Eva ließ heimlich einen Stubenwagen in ihr Zimmer bringen, den sie als Geburtstagsüberraschung für Lilli mit zartgeblümtem Stoff bespannte. Eine ganz neue, wundersame Freude hatte alle im Rebenhäuschen ergriffen. Eva Maria arbeitete in einem Glück, als habe sie alle diese Vorbereitungen für ihr eigenes Kindlein zu treffen. Frau Honeck beobachtete sie oft heimlich, wenn sie ihren blonden Kopf mit vor Eifer geröteten Wangen über ihre Näharbeit gebeugt hatte. Dann wollten eigene Gefühle und Wünsche ihr Herz erfüllen. Sie hütete sich aber, diese auszusprechen. Niemand war wohl glücklicher als sie in Gedanken an das zu erwartende kleine Kind. Sie hatte es längst sehnlichst herbeigewünscht. Oft, wenn Disharmonien über den jungen Leuten lagen gleich dunklen, unheilschweren Wolken, oder wenn sie immer wieder vergeblich versucht hatte, das Herz der Schwiegertochter zu gewinnen, dann hatte sie gedacht: Wenn sie nur ein Kind hätten! Das verbindet und ist eine heilige Brücke von Herz zu Herz. Jetzt schöpfte sie neue Hoffnung. Nun, da Lilli selbst Mutter würde, würde sie ihr als der Mutter ihres Sohnes ganz gewiß mehr Verständnis entgegenbringen. Wie oft, wenn Lilli in ihrer unbegreiflichen

Eifersucht ihr den Sohn kaum für ein paar Minuten gönnte, hätte sie ihr gerne entgegengehalten: „Es ist doch mein Sohn, mein Kind, an dem ich auch noch gewisse Rechte habe." Aber bisher hätte sie dafür kaum Verständnis gehabt. Nun würde das alles aber anders werden. Sie glaubte daran, sie wollte daran glauben. Und wie freute sie sich auf das Kleine. Es würde gewiß wieder sonnig und hell im Rebenhäuschen werden. Jauchzendes Kinderlachen würde durch die Räume schallen, ja selbst das zu erwartende Schreien und Weinen dünkte Frau Honeck wie Musik zu sein. Und sie selbst, sie würde als Großmutter wieder ganz jugendlich froh werden. Da war doch wieder ein Ziel, eine Aufgabe, für die man lebte.

Die junge Frau schien auch vollständig aufzuleben in der frohen Erwartung. Sie war nun der Mittelpunkt des Hauses geworden, eine Stellung, die ihr zusagte. Ihre Gesundheit war zart. Sie hatte seit Jahren wiederholt mit Lungenspitzenkatarrh zu tun; so hatte der Arzt ihr besondere Schonung empfohlen.

Frau Honeck und Eva Maria nahmen ihr die Hausarbeit ab und taten für ihre Pflege, was sie nur konnten. Daß Lillis Freundlichkeit sich in gönnerhafter Herablassung zeigte, schienen die beiden nicht zu bemerken oder übersahen dieses vielleicht auch absichtlich. Sie waren alle froh, nach der bedrückenden Atmosphäre der vergangenen Monate aufatmen und neue Hoffnung schöpfen zu können. Allerdings war Lilli auch jetzt noch des öfteren gereizt und launenhaft, jedoch ertrug man es um vieles leichter, weil man es ihrem Zustand zuschrieb. Friedemann umgab seine Frau mit rührender Liebe. Alle seine Erwartung und Freude drückte sich in dem Satz aus: „Wenn erst unser Kind da ist." Auch er erhoffte manche Veränderung von der Zukunft. Wenn Lilli erst Mutterpflichten zu erfüllen hatte, dann würde sie sich ganz von selbst in vielen Dingen umstellen und vor allen Dingen selbstloser werden.

*

Lilli studierte mit Eifer ganze Bände über moderne Kinderpflege und Erziehung. Es geschah also alles, was geschehen konnte, um den neuen Erdenbürger würdig zu empfangen.

Frau Honeck aber betete schon jetzt, daß das Kleine ein Friedensbringer für das Rebenhäuschen werden möchte.

An einem strahlendhellen Maientag wurde der kleine Hans-Werner geboren. Es war ein Tag wie zu einem Fest geschaffen. In einem unbeschreiblich klaren Blau zeigte sich der Himmel und leuchtete über Tausenden von Frühlingsblumen, die sich auch in diesem Jahre wieder wie ein neues Wunder entfalteten. An Baum und Strauch wurde es lebendig, sprießendes, junges Leben. Die Luft war erfüllt mit Rosenduft und Vogelgesang. Ganz Kolberg schien in freudiger Erwartung. Jetzt begann für das Städtchen die wichtigste Zeit. In Scharen würden bald die Kurgäste kommen, aus rauch- und dunsterfüllten Großstädten, aus geschäftigem, arbeitserfülltem Alltag, oder aber auch aus mit Selbstsucht und Eigennutz angefülltem Dasein, zum Teil müde von den Anstrengungen und der Unrast ihres Pflichtenkreises, vielleicht aber auch müde von sich selbst. Sie suchten Erholung, Zerstreuung, Vergnügen, oder auch Vergessen. Ihre Bedürfnisse waren so verschieden. Aber sie konnten alle kommen, es war alles bereit. Feststimmung und Erwartung überall.

Im Rebenhäuschen dachte man noch nicht so sehr an die zu erwartenden Kurgäste. Da war ein kleiner Gast angekommen, der nicht mit Kurgastbetreuung zufrieden gewesen wäre, sondern dem es ganz selbstverständlich erschien, daß ihm eine ganze Reihe Herzen voller Liebe entgegenschlugen und miteinander in der Fürsorge und Betreuung wetteiferten.

In ihren weißen Kissen lag die junge Mutter selig lächelnd. Es ist etwas Geheimnisvolles um das Mutterwerden. Wie eine Weihe lag es auch über Lilli. Erst vor ein paar Stunden hatte sie noch gemeint, die namenlose Angst, die mit nie gekannter Gewalt über sie gekommen war, müßte ihr das Herz zersprengen, und dann folgten auch wirklich schwere Stunden, Stunden, wo sie in ihrer Not den Namen Gottes angerufen hatte, wo sie dankbar war für die kühlende Hand der Schwiegermutter, die so tröstlich und beruhigend auf ihrer heißen Stirne lag, wo sie wohltuend und stärkend empfand, daß man für sie betete. Und nun war alles vorbei, und ihr Kind, ihr Sohn lag neben ihr. Sie war Mutter, das kleine, fix und fertige Menschlein, das mit kräftigem Geschrei seinen Eintritt in diese Welt bestätigte, gehörte ihr — ihr Kind. Selig lächelnd hatte sie ihre schmale, weiße Hand ihrem Gatten entgegengestreckt. „Friedemann, unser Junge!"

„Eva Maria, wir sollten die Fahnen heraushängen, du mußt Kuchen backen, alle Vasen müssen mit Blumen gefüllt werden. So ein Fest ist ja noch nie dagewesen. Ein Junge, Eva, und was für einer! Ich begreife überhaupt nicht, daß nicht längst alle Glocken in der Stadt läuten zur Feier des Tages." Friedemann war ganz außer sich und wäre vor lauter Freude wie ein übermütiger Junge zu den törichtesten

Streichen fähig gewesen. „Sie läuten in unsern Herzen", antwortete Eva Maria in ihrer sinnigen Art, „alle Glocken der Freude sind in Bewegung."

Sobald seine junge Frau ihn beurlaubte, mußte Friedemann hinunter an den Strand. Es ging gar nicht anders. Und so wie er es in früheren Jahren getan hatte, wenn ihn etwas Großes beschäftigte, so trug er auch jetzt das Übermaß seiner Gefühle, die große Freude hinunter zum Meer. Und da stand er und wußte nicht, wohin mit all seinem Glück. Er spürte aber einen tiefen Dank in seinem Herzen. Unwillkürlich mußte er die Hände falten, und die Worte, die über seine Lippen kamen, waren in der Tat ein aufrichtiges Gebet. „Jetzt soll es anders werden." Und er glaubte fest daran, daß ein Neues würde. Es schien ihm unmöglich, nach der Durchhilfe in solchen Stunden der Angst und Not einen anderen als den rechten Weg zu gehen.

Ja, sie hatten es alle gehofft und erwartet. Es war ihnen, als könnte es gar nicht anders sein. Jetzt mußte doch Friede, Freude und Harmonie das Haus und die Herzen durchdringen. Aber es blieb nicht so. Die ersten Wochen nach der Geburt des kleinen Hans-Werner waren wohl erfüllt von dem schwingenden Ton des Glückes, und die Freude an dem kleinen Bübchen, das sich ganz prächtig entwickelte, blieb auch bestehen, aber mit dem Kommen des Kindes waren eben doch nicht die Geister der Selbstsucht, der Eifersucht und Lieblosigkeit gebannt. Gute Vorsätze oder Stunden der Angst genügen ebensowenig, wie Tränen der Reue, um einen Menschen von Grund auf umzuändern. So hatte auch Lilli keine wahrhaftige Umwandlung erlebt. Es dauerte gar nicht lange, da war es wieder das alte. Vielleicht hatte der Besuch ihrer Mutter, die gleich nach der Geburt des Kleinen für ein paar Wochen kam, auch einen gewissen Einfluß auf sie ausgeübt. Sie konnte ihrer Tochter ja nicht mehr geben, als was sie selbst hatte. An allerlei, zum Teil törichten und unpraktischen Geschenken hatte sie es nicht fehlen lassen, aber für ihren inneren Menschen hatte sie nichts zu geben. Ihre Unterhaltungen mit Lilli waren so oberflächlich wie nur möglich, Gespräche über Mode, Theater und Kino waren von großer Wichtigkeit. Außerdem war Frau Schnaider sehr besorgt, daß Lilli alle nur erdenklichen Hilfsmittel anwandte, um jugendlich zu bleiben. „Du mußt natürlich für eine Pflegerin sorgen, die Tag und Nacht das Kind betreut, damit du bis zum Winter erholt bist und für einige Wochen nach Leipzig kommen kannst, um dich wieder einmal in unserer Welt zu vergnügen.“ Sie wußte wohl selbst kaum, welche Wahrheit sie mit dem Wort „unsere Welt“ ausgesprochen hatte. Wahrlich, es war eine ganz andere Welt, in der Frau Schnaider mit den Ihren lebte. Frau Honeck konstatierte es wieder mit tiefem Weh. War das alles, was diese Mutter ihrem Kinde zu bringen hatte? Welch eine Leere mußte in dieser Frau sein! Und sie war doch auch Mutter von drei Kindern. Unfaßlich, daß es Mütter gibt, die niemals ihre heilige Aufgabe und Pflicht erfassen, die eben nie wahre Mütter sind, und wenn ihnen noch so viele Kinder anvertraut werden.

Eine Pflegerin mußte ins Haus. Es war ganz vergeblich, daß Friedemann sich dagegen wehrte. „Ich will dir lieber in meiner freien Zeit im Haus helfen, außerdem nehmen Mutter und Eva Maria dir gerne die schwersten Arbeiten ab, aber tu mir den Gefallen und überlasse unseren Jungen nicht fremden Händen.“ So hatte er gebeten. Da war sie aufgefahren: „Natürlich, das ist wieder eine Geldausgabe, die dir nicht paßt, aber diesmal gebe ich nicht nach. In unseren Kreisen ist es Sitte, daß man eine Pflegerin für das Kind nimmt, und ich denke nicht daran, mir das ausreden zu lassen. Meinst du vielleicht, daß ich mich hinstelle und Windeln wasche? Oder soll ich die halben Nächte nach dem schreienden Kind sehen? Du fragst natürlich nicht nach meiner Gesundheit. Dir ist es ja gleichgültig, wie mir zumute ist. Glaubst du vielleicht, die Pflege eines Kindes strenge nicht an?"

„Ich sagte dir schon einige Male, daß Mutter und Eva glücklich wären, für den Kleinen sorgen zu dürfen."

„Das kommt gar nicht in Frage. Wenn ihr mir schon vom ersten Tage meines Hierseins jedes Recht nehmen wolltet, so werde ich mir doch erlauben, über mein Kind selbst zu bestimmen."

„Und es fremden Händen anvertrauen", ergänzte Friedemann bitter.

„Mama hat mir schon geschrieben, daß sie eine sehr tüchtige Kinderpflegerin in Leipzig ausfindig gemacht hat. Am nächsten Ersten kommt sie."

Friedemann war empört. So wurde also hinter seinem Rücken gehandelt. Einen Augenblick war es ihm, als müsse er mit der Faust auf den Tisch schlagen oder sonst etwas tun, um sich Luft zu machen. Aber er wußte, was für Auftritte dann folgten, und schließlich war seine Frau noch immer sehr zart und schonungsbedürftig. So schwieg er.

Herr Saß, sein Chef, der ihm in all den Jahren ein väterlicher Freund gewesen war, hatte die ungünstige Veränderung im Wesen Friedemanns längst wahrgenommen. „Was ist nur aus dem frohen Jungen geworden?" sagte er zu seiner Frau, „er ist nicht glücklich." Auch heute betrachtete er ihn besorgt. Plötzlich legte er die Hand auf seine Schulter: „Friedemann, ich bin in Sorge um dich.“ Die erregte Gemütsverfassung, in der Friedemann sich befand, mochte die Ursache sein, daß dieser in keineswegs freundlicher Art erwiderte: „Ich wüßte nicht, daß ich Ihnen Veranlassung zur Unzufriedenheit gegeben hätte.“

Herr Saß sah ihn erstaunt an, blieb aber ruhig. „Ich nehme an, daß du augenblicklich aus irgendeinem Grunde aufgeregt bist, sonst hättest du wohl begriffen, daß ich nicht von Unzufriedenheit gesprochen habe, sondern davon, daß ich den Eindruck habe, dich drücke irgend etwas. Ich brauche dich wohl nicht erst daran zu erinnern, daß du mir lieb bist, wie ein Sohn, es ist mir keinesfalls gleichgültig, ob du Sorgen hast oder nicht. Es schmerzt mich, dich unglücklich zu sehen.“

Bei den gütigen Worten seines alten Prinzipals hatte Friedemann sofort die Unhöflichkeit seiner Worte eingesehen und bereut. „Verzeihen Sie mir, Herr Saß“, bat er, „ich habe mich vergessen.“ Wie gerne hätte er mehr gesagt, aber er konnte dem alten Mann doch nicht seine Familiensorgen aufbürden. Wie hätte er es auch in Worte kleiden können, daß er darunter litt, bei seiner Frau gar kein Verständnis zu finden für das, was ihn so stark bewegte. Sie lehnte die Pflichten ab, von denen er so viel für die Bildung ihres Wesens und Charakters erwartet hatte, die Mutterpflichten. Nein, er konnte es nicht fassen. Gewiß, es gab Fälle, wo eine Pflegerin unbedingt notwendig war, aber hier wäre es sicher zu umgehen gewesen. Er hatte so viel davon erwartet, daß Lilli sich mit dem Kinde beschäftigte und aus dieser Pflichterfüllung als natürliche Folge eine Bindung und bessere Fühlungnahme zwischen ihr und den übrigen Familiengliedern zustande käme. Herr Saß reichte ihm die Hand. „Friedemann, ich bin immer für dich da, wenn du jemals das Bedürfnis hast, dich auszusprechen. Im übrigen brauche ich dich ja kaum an das zu erinnern, was du in den Vorträgen des Professors von Tavel gehört hast. Du kennst ja den Weg.

„Ich danke Ihnen", erwiderte Friedemann. Er fühlte, daß die Worte seines Chefs keine leere Phrase, sondern die tiefempfundene Überzeugung seines Herzens waren. Ach, wenn er nur selbst noch das kindliche Vertrauen zu Gott hätte haben können! Aber er besaß es nicht mehr. Wochenlang hatte er keinen Gottesdienst mehr besucht, oft hatte er den Vorsatz gehabt, aber immer kam etwas dazwischen. Die häuslichen Andachten, die er am Anfang seiner Ehe versucht hatte durchzuführen, waren längst nicht mehr gepflegt worden. Lilli liebte derartiges nicht. „Ich brauche deswegen doch nicht gottlos zu sein.", pflegte sie zu sagen, und so war einer der wertvollen, das Innenleben fördernden Sitten und Gewohnheiten nach der anderen abhanden gekommen. Friedemann empfand es als einen Verlust, aber es fehlte ihm nach allem die Kraft sich aufzuraffen, dazu wurde er die innere Anklage nicht los: Du selbst hast es so gewollt. Hätte er sich zu seiner alten inneren Einstellung mutig hindurchgerungen, so wäre ihm aus den damit verbundenen Pflichten und Aufgaben, aus dem täglichen Gebet, dem Besuch der Gottesdienste und der Gemeinschaft mit anderen Gleichgesinnten auch die innere Kraft und Freudigkeit wieder erwachsen, so aber entfernte er sich innerlich immer weiter von der Quelle der Kraft.

Die Kinderpflegerin trat ihren Dienst an. Sie schien trotz ihrer Jugend sehr erfahren zu sein, wenigstens tat sie so und trat reichlich selbstsicher auf. Eine ihrer wichtigsten Aufgaben bestand darin, Frau Honeck zu belehren, daß man heutigentags ganz andere Begriffe von Kinderpflege habe wie vor zwanzig Jahren. Oft wenn die Großmutter sich an das Bett des Kleinen gezogen fühlte und sich erlaubte, diesen oder jenen Rat zu geben, dann erklärte Schwester Klara sehr bestimmt: „Das macht man heute anders, die Methode des berühmten Kinderarztes Doktor Soundso schreibt es so vor.“ Ja, Schwester Klara war sehr gebildet, Friedemann Honeck behauptete zwar: „eingebildet“, aber dieser Ausspruch hatte bereits wieder eine Szene zur Folge gehabt. „Natürlich, sie taugt nichts, es ist ja auch meine Mutter, die sie uns empfohlen hat, wäre es deine Mutter gewesen, so würdest du dir nicht solch ein Urteil anmaßen.“ Frau Honeck empfand mit tiefem Schmerz, daß man ihren Rat und ihre Hilfe nicht wünschte, und Eva vergoß heimliche Tränen, daß man ihr den Kleinen nicht überließ. Lilli sah das mit Genugtuung. Jetzt hatte sie endlich eine Möglichkeit, denen in der unteren Etage ihre Macht zu zeigen. — Im Winter reiste Lilli mit Schwester Klara und Hans-Werner nach Leipzig. „Ich habe nicht vor, hier in diesem langweiligen Nest zu verkümmern“, hatte sie Friedemann erklärt, „du sorgst ja nicht dafür, daß ich ein wenig Unterhaltung und Abwechslung habe, du magst es gewöhnt sein, den Winter in dieser Einsamkeit zuzubringen, ich aber stelle noch andere Ansprüche an das Leben.“ Ja, das wußte Friedemann nur zu genau. Längst hatte er eingesehen, daß ein Leben zu führen, wie er es gewöhnt war, seiner anspruchsvollen Frau nicht genügte.

Im Rebenhäuschen war es wieder still geworden, aber eine wahrhaft frohe Stille war es nicht. Friedemann saß des

Abends oft mutterseelenallein in seinem Zimmer. „Ich habe da ein neues Buch, das ich durcharbeiten will", erklärte er seiner Mutter, wie um Entschuldigung bittend, sie aber wußte nur zu genau, daß es nicht ein Buch war, das ihn zu dem verschlossenen, grübelnden Menschen gemacht hatte. Sie kannte doch ihren Sohn, der, und wenn er noch so lange verheiratet gewesen wäre, doch ihr Junge blieb. Sie wußte, er gehörte nicht zu denen, die sich leichtfertig über ihr Geschick hinwegsetzen. Sie wußte, daß er litt, aber die Zeit war noch nicht da, daß er den großen Irrtum seines Lebens eingestanden hätte.

Manchmal saß er auch des Abends bei den beiden Frauen unten im traulichen Wohnzimmer. Hin und wieder wurde dann musiziert oder gemeinsam ein wertvolles Buch gelesen, und dann war es allen, als käme ein sanfter, heller Schein aus der guten alten Zeit zurück. An solchen Abenden nahm Friedemann gewöhnlich auch an den Andachten teil, die seine Mutter als Tagesabschluß las, aber es war ihnen allen, als sei da nicht mehr dieselbe Fühlung wie in früheren Zeiten, und sie litten darunter. Friedemann lag dann oft schlaflos in seinem Zimmer. Es schien ihm, als sei er ein Fremdling geworden.

Lilli schrieb beglückt von den verschiedenen Gesellschaftsabenden, an denen sie teilnahm. Sie begeisterte sich an diesem Theaterstück, an jenem Film, und schien entzückt von dem abwechslungsreichen Leben ihrer Heimatstadt. Von Hans-Werner berichtete sie, daß es ihm gut gehe, vom Nachhausekommen war keine Rede. Eines Tages aber kam sie ganz unerwartet in Kolberg an. Ein Telegramm hatte Friedemann benachrichtigt. Sein Herz schlug freudig, als er sein Kind, das ihm jauchzend die Ärmchen entgegenstreckte, aus dem Wagen hob. Lilli sah sehr blaß und angegriffen aus. Sie kam allein. „Und Schwester Klara?" fragte er.

„Ach, von dieser unverschämten Person muß ich dir erzählen", erwiderte sie seufzend. „Sie gönnte es mir nicht, daß ich des Abends mit meinen Eltern ausging, und ist dann auch heimlich fortgegangen, um sich mit ihrem Freund zu treffen. Den Kleinen ließ sie dann kaltblütig allein. Als ich eines Abends früher als sonst nach Hause kam, war sie nirgends zu sehen, Hans-Werner aber saß ermattet vom vielen Weinen schluchzend in seinem Bettchen. Ich habe sie natürlich sofort entlassen, diese falsche, gewissenlose Person."

Friedemann drückte seinen Jungen an sich. „Armes Kerlchen, also hast auch du dich schon einsam gefühlt? Du siehst angegriffen aus, Lilli", wandte er sich an seine Frau, „ich glaube, die Großstadtluft ist nichts mehr für dich."

„Ich bin auch froh, wieder hier zu sein", antwortete sie mit mehr Wärme als sonst. „Mama ist sehr gealtert, sie gibt es zwar nicht zu und versteht es auch ausgezeichnet, durch Anwendung allerlei Hilfsmittel dies nach außen hin zu verbergen, aber sie ist furchtbar nervös und gereizt. Und Papa, der denkt ja immer nur an seine eigene Person und Bequemlichkeit. Die Unruhe, die der Kleine nun einmal ins Haus brachte, ging ihm auf die Nerven, und er machte keinen Hehl daraus, froh zu sein, daß er jetzt wieder seine Ruhe habe."

Es schien nun doch, als ob Lilli den krassen Unterschied der beiden Häuser stärker als sonst empfand. Das nervöse Hetzen und aufgeregte Lärmen ihres Elternhauses fiel im Rebenhäuschen gänzlich weg. Frau Honeck sowie auch Eva Maria blieben sich immer gleich und waren Lilli auch nach ihrer Rückkehr in herzlicher Weise entgegengekommen. Ihre ruhige Art mußte Lilli wohltuend empfinden. Sie überließ das Kind anfangs den beiden mehr, was für die Großmutter und Tante Eva eine große Freude bedeutete.

Ihr Kind liebte sie über alles, aber es war eine unvernünftige Liebe, die den Jungen verzärtelte und verwöhnte und seine Fehler übersah, so daß Friedemann sich oft energisch ins Mittel legen mußte, wenn sein Söhnchen im Eigensinn und Trotz seinen Willen durchsetzen wollte. Dann weinte seine Frau: „Du bist grausam und hart, komm Bübchen, komm zu deiner Mama, der böse Papa ist garstig." Friedemann sah bekümmert, daß sich da eine neue Sorge auf seinen Weg wälzte. Würde er imstande sein, seinem Kinde eine gute, gerechte Erziehung zu geben, wenn er von seiner Frau keine Einsicht auf diesem Gebiet erwarten konnte? Wie eine Last legte sich diese Verantwortung auf seine Seele. Lag es nicht zum großen Teil in den Händen der Eltern, der Erzieher, den Lebensweg der ihnen anvertrauten Kinder zu bahnen?

Frau Honeck hatte es durchgesetzt, an jedem Abend an das Bett ihres Enkelchens zu gehen, um ihm Gutenacht zu sagen und mit ihm zu beten. Davon ließ sie sich nicht abhalten, selbst wenn ihre Schwiegertochter sie in der unfreundlichsten Weise behandelte. Und es war rührend zu sehen, wie der kleine Hans-Werner auf diesen Abendsegen wartete. Die Händchen gefaltet, lag er in seinem Bett und wandte kein Auge von der Großmutter, die ihm leise vorsang: „Breit aus die Flügel beide, o Jesu, meine Freude, und nimm dein Küchlein ein!" Wenn Friedemann aus dem Nebenzimmer seine Mutter so singen hörte, dann stiegen unwillkürlich vor seinen Augen die Bilder aus seiner Kinderzeit auf. In solchen Augenblicken fühlte er mit erschreckender Deutlichkeit, was er verloren hatte.

Seit ihres Mannes Tod hatte Frau Honeck manchen Kurgast während der Sommermonate in ihrem Hause gehabt. Sie betrachtete die dadurch entstehende Mehrarbeit nicht nur als eine Einnahmemöglichkeit und somit finanzielle Hilfe, sondern als eine Aufgabe, die sie zu erfüllen hatte. Der Gedanke vom Dienst am Menschen war ihr von großer Wichtigkeit, und sie versuchte gewissenhaft ihre Aufgabe an jedem der ihr ins Haus geführten Menschen zu erfüllen, ohne dabei auch nur im geringsten aufdringlich zu werden. Manch wertvoller Mensch war schon im Rebenhäuschen eingekehrt. Hin und wieder war eine ideale freundschaftliche Verbindung zustande gekommen. Frau Honeck stand mit einigen ihrer ehemaligen Kurgäste im Briefwechsel. Solcher Gedankenaustausch bot ihr manche wertvolle Anregung. Natürlich konnte sie nicht mit jedem ihrer Gäste derartige Fühlung haben. Es kam auch vor, daß unter ihnen ganz unsympathische Menschen waren. Im großen und ganzen aber hatte Frau Honeck gute Erfahrungen mit ihren Kurgästen gemacht.

Es war in dem Sommer, als Hans-Werner drei Jahre alt war. Der Kurbetrieb in Kolberg war in vollem Gang. Eines Abends kam eine Dame und fragte Frau Honeck nach einem Zimmer mit voller Pension. Aber auch im Rebenhäuschen war alles besetzt. In überschwenglicher Art bedauerte sie, in dem entzückenden kleinen Haus nicht mehr unterkommen zu können. „Ihr kleines Märchenreich in der Brunnenstraße ist mir tausendmal lieber als eines der erstklassigen Hotels mit ausgesuchtestem Komfort", schmeichelte sie. „Ist denn gar kein Plätzchen mehr frei? Mit dem kleinsten Kämmerchen wäre ich zufrieden." Eva Maria bot sich an, ihr eigenes Zimmerchen abzutreten, wie sie das im Notfall schon des öfteren getan hatte. Die Dame schien hochbeglückt und überschüttete Eva Maria mit einer Flut von Kosenamen. „Welch ein reizendes Jungmädchenstübchen", rief sie begeistert aus und richtete sich sofort häuslich ein.

Frau Honeck hatte ein merkwürdiges Gefühl diesem neuen Gast gegenüber. Sie hatte sich im Umgang mit den verschiedenen Menschen mit der Zeit eine gute Menschenkenntnis angeeignet. Diese höchst modern, ja affektiert gekleidete Dame gefiel ihr nicht. Es war ja nicht ihre Sache, sich darüber aufzuhalten, daß sie sich das Gesicht so übermäßig mit Puder und Schminke belegte, daß die Farbe ihrer Haare einen sehr unechten Eindruck machte, daß sie sich in auffallender Weise mit dem geschmacklosesten Schmuck behängte, aber abgesehen von all diesen Äußerlichkeiten lag etwas im Blick dieser Person, das ihr mißfiel. Es hat schon etwas auf sich, wenn man sagt, die Augen seien die Fenster der Seele, dachte sie. Frau Finker erzählte, daß sie eine schuldlos geschiedene Frau sei, ihr Mann, ein reicher Fabrikant, habe sie aufs gemeinste betrogen. Alle die hinter ihr liegenden aufregenden Ereignisse hätten sie derartig mitgenommen, daß sie jedes Jahr für längere Zeit einen Kurort aufsuchen müsse. Es schien ihr ein Bedürfnis, ihre Lebensgeschichte so ausführlich wie nur möglich zu erzählen, offenbar nahm sie an, daß man ihren äußerst verworrenen Berichten unbedingten Glauben schenkte, was Frau Honeck sehr schwerfiel. Von Eva Maria war Frau Finker begeistert. Sie nannte sie einen einzigartigen reinen Engel und bemühte sich sehr um deren Freundschaft. Zum erstenmal freute Frau Honeck sich über Evas angeborene Zurückhaltung. Sie traute dieser Person einfach nicht. Als Frau Finker erkannte, daß Eva Maria nicht zugänglich war, sprang sie auf Lilli über und hatte mehr Erfolg. Hans-Werner war das reizendste und aufgewecktest Kind der Welt. „Nein, diese entzückenden Locken! Und diese bildschönen, sprechenden Augen, aber das ist ja kein Wunder, wenn man eine solche feenhafte Mutter hat!“ Lilli fühlte sich geschmeichelt. Es war auch geradezu vorbildlich, wie elegant die junge Frau sich zu kleiden verstand, einfach todschick! Na, der Herr Gemahl sollte nur vorsichtig sein, daß ihm niemand sein Frauchen wegschnappte. Lilli lächelte stolz über diese Komplimente und war, als ihr Mann am Abend nach Hause kam, ganz erfüllt von der Freundlichkeit der reizenden Dame. „Mir gefällt sie absolut nicht“, erwiderte Friedemann ziemlich offen.

„Ich weiß nicht, was du an dieser Dame schon wieder auszusetzen hast“, fuhr Lilli gekränkt auf. „Sie ist außerordentlich gebildet und ein sehr liebenswürdiger Mensch. Natürlich, so fromm wie ihr ist sie nicht, will es wahrscheinlich auch gar nicht sein.“

Friedemann lächelte bitter. So fromm wie ihr? Ihn traf dieser Vorwurf, und ein solcher sollte es doch sein, bestimmt nicht mehr.

„Es soll mich nur freuen, wenn sie dich nicht enttäuscht“, sagte er zu seiner Frau.

„Sie muß übrigens aus ganz hervorragendem Hause sein“, schwärmte Lilli weiter. „Ihre Verwandten haben große Besitztümer am Rhein und einer ihrer Brüder ist irgendwo in einem Lande, ich habe vergessen in welchem, am Hofe tätig.“

„Vielleicht als Lakai!“ ergänzte Friedemann ironisch.

„Ich verbiete dir, in solchem Ton von Leuten, die mir höchst sympathisch sind, zu reden“, entrüstete sich seine Frau. „Übrigens scheint sie auch sehr reich zu sein. Wenn ihr Vater stirbt, erbt sie ein ungeheures Vermögen.“

„Ich kann es dir nicht verhehlen, mein Kind, daß mir die ganze Sache nicht ganz geheuer vorkommt. Ich hoffe nur, daß deine Dame der Mutter das Pensionsgeld bezahlt."

„O du abscheulicher Mensch, ja, so seid ihr Frommen, an niemand laßt ihr einen guten Faden."

Zwischen Lilli und Frau Finker entspann sich ein wahres Freundschaftsverhältnis. Sie gingen miteinander aus, saßen in den Kaffees und hatten so mancherlei gemeinsame Interessen. Frau Honeck kam einmal dazu, wie ihre Mieterin den kleinen Hans-Werner küßte. Das erfüllte sie so mit Abscheu, daß sie am Abend ihre Schwiegertochter zu sich rief, um mit ihr darüber zu sprechen.

„Es ist mir unerträglich, Lilli, Frau Finker mit ihren geschminkten Lippen dein herziges Kind küssen zu sehen. Übrigens raucht sie auch. Dulde es doch nicht, daß sie so zärtlich zu Hans-Werner ist."

Lilli warf den Kopf zurück. „Das ist schließlich meine Angelegenheit. Warum soll ich meiner Freundin verwehren, nett zu meinem Kinde zu sein?"

„Deiner Freundin?" Frau Honeck sah die Schwiegertochter fassungslos an.

„Jawohl, meiner Freundin", wiederholte diese und ging erhobenen Hauptes hinaus. So, das saß! Im Grunde genommen war es ihr nicht so ernst mit der Freundschaft, aber es war ihr ein Genuß, der Schwiegermutter diesen Schlag zu versetzen.

An diesem Abend war es, als Eva Maria allein in der Küche saß, um das Gemüse für den kommenden Tag vorzubereiten. Frau Honeck war zum Friedhof gegangen, um etwas an den Gräbern zu ordnen. Friedemann hatte an einer Sitzung teilzunehmen. Lilli Honeck und Frau Finker saßen zusammen in der Laube des kleinen Gärtchens neben dem Rebenhäuschen. Eva Maria hörte sie wohl sprechen, konnte aber und wollte auch nichts von ihrer Unterhaltung verstehen. Sie saß am offenen Fenster. Es war ein wundervoller Abend im Juli. Das kleine Gärtchen prangte in seinem schönsten Blumenschmuck. Goldlack, Reseda, gefüllte Glockenblumen, an allen Wegen eine Fülle goldgelber Kapuziner, vor allem aber die herrlichen Rosen. Das Gärtchen war Eva Marias besonderer Pflege anvertraut, und sie war stolz auf seine gepflegte Schönheit. Eben beugte sie sich aus dem Fenster, um nach einem besonderen Blumenbeet zu sehen, als sie ihren Namen hörte. Sie stutzte und wollte sich zurückziehen, denn sie fand es unwürdig, zu lauschen. Da hörte sie wieder ihren Namen, und nun wurde die Unterhaltung im Gartenhäuschen so laut geführt, daß sie auch ohne zu lauschen alles verstehen mußte.

„So so, Frau Honeck hat Fräulein Eva als Schiffbrüchige aufgenommen? Sie ist ja eine nette Frau, Ihre Schwiegermutter, nur etwas überspannt religiös, nicht wahr? Ich glaube, Sie haben es nicht immer leicht bei ihr?"

Eva Maria fühlte, wie ihr das Blut in die Wangen stieg. Das war doch empörend! Frau Finker, der Kurgast, aber fuhr fort: „Fräulein Eva ist also sozusagen mit Ihrem Gatten groß geworden oder gemeinsam erzogen? Die beiden scheinen sich sehr gut zu verstehen, nicht wahr? Hm, ich weiß nicht, Sie scheinen mir doch sehr naiv, liebstes Frauchen, diese Eva ist doch eigentlich ein ganz niedliches Mädelchen, haben Sie denn gar keine Angst um Ihren Mann?"

Eva Maria zitterte am ganzen Körper. Was wagte diese Person? Es war ihr, als müsse sie in den Garten schreien, daß sie alles gehört habe, als müsse sie diese Frau zur Rechenschaft ziehen, aber die Kraft versagte ihr, sie konnte kaum noch auf den Füßen stehen. Sicher würde Lilli diese Schmach nicht auf ihr ruhen lassen, ganz gleich, was sonst zwischen ihnen stand, sie hatten ja leider noch nie so rechte, innige Fühlung miteinander gehabt, aber jetzt würde sie bestimmt für sie eintreten, würde sie und auch ihren Mann vor dieser Person verteidigen und diesen schmählichen Verdacht nicht auf ihnen sitzenlassen. Sie beugte sich vor, um Lilli besser verstehen zu können, als diese jetzt antwortete:

„Ja, leider habe auch ich längst meine Befürchtungen. Mein Mann, nein, das glaube ich nicht, über ihn kann ich auf diesem Gebiet nichts Nachteiliges sagen, aber sie, schon längst habe ich den Eindruck, als stelle sie ihm nach. Hinter ihrem unschuldigen, kindlichen Gesicht versteckt sich etwas ganz anderes. Sie hat mich immer als Eindringling betrachtet, weil sie gehofft und erwartet hat, daß Friedemann sie heiratet, und meine Schwiegermutter wünschte dasselbe, darum behandelt man mich auch so abstoßend in diesem Hause." Gewiß hätte sie noch mehr gesagt, wenn nicht plötzlich lautes Stöhnen, dazu ein Knall und das Zerspringen von Porzellan zu hören gewesen wären. Die beiden Frauen in der Laube sprangen erschrocken auf. „Was war das?" – „Das kam aus der Küche!" rief Lilli aus, und in ihrer Stimme lag die Angst des bösen Gewissens.

„Hallo, ist dort jemand?" rief Frau Finker in den Abend. Es war inzwischen dunkel geworden. „Ach wo, in der Küche ist niemand, sonst würde doch Licht brennen." Lilli atmete erleichtert auf, aber so ganz wohl war ihr doch nicht bei der Sache.

Eva Maria lehnte wie gebrochen an der Küchenwand. Die Gemüseschüssel war ihren zitternden Händen entglitten, sie ließ die Scherben liegen. Unwillkürlich faßte sie nach ihrem Kopf. Mein Gott, ist das Wirklichkeit oder ein Traum? Habe ich in Wahrheit diese vernichtende Anklage gehört? Wagt man es, so auf meiner Ehre herumzutreten? Sie stöhnte schmerzlich auf. Alles, alles hatte sie bisher von Lilli ertragen, all ihre Launen, ihre Gehässigkeit, ihr sprunghaftes Wesen, aber dieses, nein, das war zu viel, das ertrug sie nicht. Was sollte sie nur tun? Es war doch unmöglich für sie, den beiden Frauen, die so an ihr gehandelt hatten, zu begegnen, als sei nichts vorgefallen. Ihrer Empfindung nach hätte sie zu ihnen gehen und ihnen ihre gemeine, niederträchtige Handlungsweise ins Gesicht schreien mögen, man hätte es ihnen einmal so richtig sagen, sie zur Rechenschaft ziehen müssen. Ja sie, die schüchterne Eva, sie hätte ganz gewiß Worte gefunden, ja, sie hatte ein Recht, sich und ihre Ehre zu verteidigen. Aber wäre es wohl das Richtige gewesen? „Richtet nicht, auf daß ihr nicht gerichtet werdet!" Wie kam es, daß sie gerade jetzt an dieses Wort aus der Bibel denken mußte? Ach ja, Frau Honeck hatte heute morgen in der Andacht aus der Bergpredigt vorgelesen. Aber wie schwer war das! So hieß es also schweigen, und es war wohl auch besser so. Man konnte doch keinen Skandal machen, schon um Frau Honecks willen, vor allem aber um Friedemanns willen, der unsagbar darunter leiden würde.

Um Friedemanns willen? Warum sollte sie ihn schonen? Hatte man nach ihren Gefühlen gefragt? Aber nein, sie durfte ihm das nicht antun, er hatte schon genug durchzumachen, das war ihr ja nicht entgangen, sie durfte nicht auch dieses noch auf ihn laden. Er, der Gefährte ihrer Jugendjahre, ihr guter Kamerad, er sollte auch weiterhin ihr Freund bleiben. Es war ihr plötzlich, als drehten sich die Wände mit ihr. Was hatte Lilli gesagt? Sie stelle ihm nach? Hatte sie ihr jemals durch Wort oder Blick Veranlassung zu solcher Anschuldigung gegeben? Die seelische Erregung verursachte Eva direkt körperliche Schmerzen. Sie preßte die gefalteten Hände auf das Herz. „Lieber Gott, hilf mir doch, habe ich denn etwas Unrechtes getan? Ja gewiß, ich liebe Friedemann, ich kenne ihn doch nur als einen guten, edlen und treuen Menschen, es ist doch nur natürlich, daß ich ihn herzlich liebhabe, aber doch nicht so, daß ich seiner Frau nicht mit gutem Gewissen in die Augen schauen könnte. O lieber Gott, lieber Gott, ich halte das nicht aus. Was soll ich nur tun? Jetzt, nachdem ich das mit angehört habe, muß ich mich ja fürchten, mit Friedemann wie in alter Zeit zu sprechen. Ist meine Liebe zu ihm denn ein Unrecht? Als ich in dieses Haus kam, war ich ein Kind, sah zu ihm auf wie zu einem größeren Bruder; der Gedanke, seine Gattin werden zu können, wäre mir damals nie gekommen, und als er Lilli ins Haus brachte, hätte ich nie gewagt, seiner begehrend zu gedenken. Niemals habe ich vergessen, daß sie seine Frau ist. Und nun das?"

Eva war außer sich. Von allem, was sie bisher erlebt hatte, schien ihr nichts so fürchterlich wie das eben Geschehene. Ihre Seele, die alles Unreine verabscheute, erbebte unter diesem schmutzigen Verdacht. Lilli wäre wahrscheinlich selbst erschrocken, wenn sie in diesem Augenblick gesehen hätte, was sie angerichtet hatte. Aufschluchzend schlug Eva Maria die Hände vor das Gesicht. „O warum bin ich nicht in den Wellen umgekommen, als unser Schiff brannte? Warum hat Mutter mich nicht mitgenommen, als sie von uns ging?" Wie sehnte sie sich nach einem liebenden Herzen, an dem sie sich ausweinen konnte. Frau Honeck hatte wirklich Mutterstelle an ihr vertreten, sie wußte, sie war ihr viel Dank schuldig, aber gerade darum konnte sie sich ihr nicht anvertrauen. Ein Gefühl des Verlassenseins kam über sie wie nie zuvor.

Als Frau Honeck vom Friedhof zurückkehrte, fand sie Eva Maria totenblaß in der Küche stehen. „Du hast geweint, mein Kind?" fragte sie liebevoll und legte den Arm um sie. „Was ist geschehen? Scherben? Ach, du hast die große Gemüseschüssel zerschlagen? Hast du etwa deswegen Tränen vergossen? O du törichtes Kind, das kann man doch wieder ersetzen. Es gibt aber etwas anderes, das man lange nicht so schnell ersetzen kann. Wenn einem zum Beispiel sein guter Ruf, sein Name, seine Ehre zerbricht, dann ist es weit schwieriger, die Scherben wieder zusammenzubringen. Menschliche Kraft bringt das überhaupt nicht zustande. Höre, was ich dir erzählen muß: Jemand, der Frau Finker in unserem Hause hat ein- und ausgehen sehen, hat sie erkannt. Sie ist eine Hochstaplerin und wird schon seit einiger Zeit gesucht. Unter falschem Namen hat sie in verschiedenen Badeorten in den ersten Hotels herrschaftlich gelebt und ist dann bei Nacht und Nebel verschwunden, ohne ihre Rechnungen zu bezahlen. Unser Häuschen schien ihr wohl ein günstiges Versteck zu sein. Sie weiß natürlich, daß sie gesucht wird. Gib nur acht, wir bekommen noch die Polizei ins Haus. Wie unangenehm ist das doch! Und ihre Rechnung wird sie auch hier nicht bezahlen können." Frau Honeck war so erfüllt von diesem sensationellen Ereignis, daß sie gar nicht bemerkte, wie Eva kaum imstande war, ihrer Schilderung zu folgen, und blaß und still vor ihr stand. Wie sehnte sie sich danach, in ihr kleines Zimmerchen eilen und ihren Kummer verbergen zu können, aber ihr Zimmer war ja nicht frei, sie hatte in diesem Augenblick kein Plätzchen, das ihr allein gehörte.

Als Friedemann an diesem Abend von seiner Sitzung nach Hause kam, fand er auf dem Tisch im Wohnzimmer ein Kärtchen mit der Handschrift seiner Frau: „Ich bin mit Frau Finker ins Strandhotel gegangen, erwarte mich nicht so früh zurück. Lilli." Bald darauf kam sie aber doch, und zwar in großer Aufregung, am ganzen Körper zitternd und recht kleinlaut. Man hatte Frau Finker verhaftet.

*

Unter den vielen Reisenden, die mit dem Schnellzug von Kolberg nach Berlin fuhren, befand sich auch eine junge Dame, die drei lebhafte Kinder zu beaufsichtigen hatte. Eine ganze Weile ließen sie sich damit unterhalten, daß sie ihnen die Landschaft erklärte, sie auf die verschiedenen Ortschaften und Gehöfte, an denen der Zug vorbeiraste, aufmerksam machte und nach anderen besonderen Sehenswürdigkeiten Ausschau hielt. Aber bald wurde das den Kindern langweilig. Sie verlangten nach anderer Unterhaltung. Die junge Dame verteilte einige Süßigkeiten unter sie, aber auch diese Ablenkung hielt nur einige Augenblicke stand. Jetzt klappte sie das Fenstertischchen herauf, legte ein Notizbuch darauf und sagte zu dem etwa siebenjährigen Knaben: „Hier hast du einen Bleistift, Heinz, jetzt kannst du ein wenig zeichnen." Für die etwas ältere Schwester entnahm sie dem Koffer ein Märchenbuch, mit dem sich die Kleine behaglich in eine Ecke setzte, um zu lesen. Den Kleinsten, einen dreijährigen Knaben, nahm sie auf ihren Schoß und erzählte ihm leise etwas ins Ohr; manchmal schien sie ihm auch ein Liedchen vorzusummen.

Ein älterer Herr, der in demselben Abteil saß, hatte dieses alles beobaochtet und konnte nicht anders, als der Dame seine Bewunderung über ihre gleichbleibende Geduld mit den unruhigen Kindern auszusprechen. „Nein, das wäre nichts für mich", sagte er. „Aber solche Geduld hat eben nur eine Mutter." Der kleine Zeichner am Fenster hatte in der Art aufgeweckter Kinder sich keines der Worte des Mitreisenden entgehen lassen und fühlte sich jetzt offenbar gedrungen, eine Erklärung zu geben. „Fräulein Henny ist nicht unsere Mutter."

„Sie ist unsere Erzieherin", fügte das Schwesterchen hinzu, die nicht hinter der Weisheit ihres Bruders zurückstehen wollte. Der Kleinste aber vollendete den Satz, indem er seine Ärmchen liebevoll um das Fräulein legte und sagte: „Aber sie ist genau so gut wie eine Mutter." Die junge Dame konnte eine gewisse Verlegenheit nicht verbergen. „Tante Henny, warum wird dein Gesicht jetzt so rot?" fragte der kleine Peter.

„Na, ich finde es nicht gerade angenehm, von euch hier eine öffentliche Personalbeschreibung über mich ergehen zu lassen", lächelte sie.

„Sie sind wohl schon lange bei den Kindern?" interessierte sich der ältere Herr.

„Ja", entgegnete Fräulein Großmann, so war ihr Name, „seit der Geburt des Kleinen. Die Mutter ist leidend und benötigt daher eine Stellvertreterin bei ihren Kindern."

„Ist Ihr Dienst nicht oft recht schwer?" fragte der Mitreisende, der sich anscheinend gerne unterhalten wollte.

„Jede Aufgabe, die wir zu erfüllen haben, wird uns leichter, wenn wir sie mit Liebe ausüben. Vor allem aber scheint es mir wichtig zu wissen, daß man am rechten Platz ist."

„Am rechten Platz, ja, ja", wiederholte der Herr und nickte vielsagend mit dem Kopf.

Jemand anders hatte auch an dieser Unterhaltung teilgenommen, ohne sich zwar daran zu beteiligen. Eva Maria Seeborg, die auf dem Wege nach Stargard war. Sie hatte ihren Hut abgenommen und lehnte mit geschlossenen Augen in ihrer Fensterecke. Immer wieder meinte sie die hinter ihr liegenden schweren Tage neu zu durchleben. Es schien ihr nicht möglich, davon loszukommen. In jener Nacht, nachdem sie die Unterhaltung aus dem Gartenhäuschen mit angehört, hatte sie keinen Schlaf gefunden, und am nächsten Morgen war es ihr klar gewesen, daß sie nicht im Rebenhäuschen bleiben konnte. Wie aber sollte sie es ihrer mütterlichen Freundin, Frau Honeck, erklären? In den ersten Tagen wagte sie nichts von ihrem Vorhaben zu sagen. Man war gerade in der Hochsaison, wo es so viel Arbeit gab, so daß sie die Hausmutter unmöglich allein lassen konnte, dann aber war man auch noch immer in Aufregung wegen der Affäre der Betrügerin, Frau Finker. Lilli war vollständig ungenießbar. Sie kam nicht darüber hinweg, daß diese Frau, auf die sie so große Stücke gehalten hatte, der sie so manches anvertraut, sich als eine Hochstaplerin entpuppt hatte. Sie fühlte sich selbst unsagbar kompromittiert. Ihre Enttäuschung ließ sie in unerträglicher Launenhaftigkeit an den übrigen Hausbewohnern aus.

Es konnte natürlich nicht verborgen bleiben, daß Eva Maria schon seit Tagen sehr blaß und wenn möglich noch stiller als gewöhnlich war. Als Frau Honeck immer wieder in sie drang, ihr den Grund ihres Kummers zu sagen, glaubte Eva endlich sich äußern zu müssen. „Mutter, ich habe vor, nach Stargard zu meinem Bruder zu gehen, um ihm den Haushalt zu führen. Du weißt, er hat jetzt seine Praxis, und es wird gut sein, wenn ich ihm helfe." Leise und stockend hatte sie gesprochen, so als begehe sie mit der Ausführung dieses Planes ein großes Unrecht.

Frau Honeck hatte in maßlosem Erstaunen zugehört. „Eva Maria, du willst fort? Und so plötzlich? Da muß doch etwas vorausgegangen sein. Es ist nicht deine Art, so übereilte Entschlüsse zu fassen. Sage mir, was ist geschehen?"

Das junge Mädchen stand mit gesenktem Haupte vor ihrer mütterlichen Freundin und fürchtete um ihre Fassung. Wenn sie doch nicht fragen wollte, sie konnte es doch nicht sagen.

„Eva Maria, warum willst du mich verlassen?"

„Mutter, Kurt braucht mich, Elisabeth hat es mir schon vor langer Zeit geschrieben."

„Das ist nicht der Grund."

„Mutter", mehr konnte sie nicht sagen, da liefen ihr auch schon die Tränen über das Gesicht. Frau Honeck aber litt darunter, daß Eva ihr nicht, wie sie es sonst getan hatte, das volle Vertrauen entgegenbrachte. So war es einige Tage gegangen. Eva Maria aber blieb bei ihrem Entschluß. Friedemann hatte versucht, auf sie einzureden. „Mädchen, mach doch keine Sachen, du wirst Mutter doch nicht einfach verlassen? Ich weiß überhaupt nicht, wie das bei uns werden soll ohne dich."

Er ahnte nicht, wie sein Reden sie schmerzte. Schließlich war er ganz ärgerlich geworden. Lilli hatte sich sehr unfreundlich geäußert. „Da seht ihr nun, wie sie ist. Jahrelang habt ihr für sie gesorgt, und nun läßt sie euch einfach im Stich. Aber ihr habt sie ja immer wie eine Heilige betrachtet, an eure Eva durfte niemand rühren, es fehlte nicht viel, und ihr hättet sie wie eine Nippfigur in Watte gepackt.“

Frau Honeck selbst war unveränderlich liebevoll zu ihr gewesen, nur still, sehr still. Sie brauchte keine Worte zu verlieren, Eva Maria war zu stark mit ihr verbunden, als daß sie nicht gefühlt hätte, daß sie litt.

„Soll ich denn ganz einsam werden?“ fragte sich Frau Honeck, wenn sie schlaflos in ihrem Stübchen lag. Eva Maria war ihr längst eine Tochter geworden. In den Jahren ihres Zusammenseins hatten sie sich so aufeinander eingestellt und aneinander gewöhnt, daß sie sich das Leben ohne sie gar nicht mehr vorstellen konnte. Die gemeinsame Arbeit, die Tage der Freude, wie auch die des Leides, die sie miteinander durchwandert, hatten zwischen ihnen eine Verbindung geschaffen, die ihr unlöslich schien. Nun sollte das alles vorbei sein? Der einzige Sohn war ihr verlorengegangen, obgleich er im selben Haus lebte, nun sollte sie auch die Tochter hergeben müssen?

So lag sie da, die Hände gefaltet, das Herz bang und schwer. Sie wollte beten, aber es war ihr, als schwänden ihr Gedanken und Worte. Es gibt Stunden im Menschenleben, wo die Sorgen und Nöte das Herz bis in den letzten Winkel ausfüllen, so daß es kaum möglich ist, die Türe zu öffnen und den Himmel zu erreichen. Dann suchen wir vergeblich nach Worten, um der Not unseres Herzens Ausdruck zu geben. Vielleicht sind es aber gerade die ängstlichen Seufzer und nicht die wohlgeformten, schönen Gebete, die das Herz Gottes erreichen.

Eva Maria war abgereist. Der Gedanke, daß man ihre Handlungsweise nicht verstand und ihr vielleicht mißtrauen könnte, bedrückte sie unsagbar. Sie sah Frau Honeck auf dem Bahnsteig stehen, die Augen tränengefüllt, so einsam, so bleich. Sie konnte nicht daran denken, ohne daß ihr das Herz weh tat. Friedemann hatte sich am Morgen, bevor er ins Geschäft ging, von ihr verabschiedet. „Ich wünsche dir alles Gute, Eva, aber begreifen kann ich dich nicht." Dann mochte er wohl in ihren Augen etwas von der Not ihres Herzens entdeckt haben, aber ohne zu ahnen, was die Ursache war, und einlenkend sagte er: „Ich hoffe nicht, daß du dich bei uns nicht mehr glücklich gefühlt hast."

Lilli hatte sich sehr kühl von ihr verabschiedet. Sie machte keinen Hehl daraus, daß ihr der Abschied von Eva nicht zu Herzen ging. „Amüsiere dich gut in Stargard."

Und nun saß sie im Zug. Was hatte das Fräulein ihr gegenüber eben gesagt? „Vor allem ist es notwendig zu wissen, daß man am rechten Platz ist."

Wo war ihr Platz? Gewiß, Kurt freute sich, daß seine Schwester kam, aber er wäre wahrscheinlich nicht todunglücklich gewesen, wenn sie bei Frau Honeck geblieben wäre. Ihre Geschwister betrachteten ja längst das Rebenhäuschen als Evas Heimat. Und war es nicht in Wirklichkeit so? Ach, das unschuldige Geplauder der Kinder hatte alle Schleusen in ihr wieder aufgerissen. „Aber sie ist genau so gut wie eine Mutter!" ... War Frau Honeck ihr nicht auch im wahren Sinne des Wortes eine Mutter geworden? Und war ihr Platz nicht an ihrer Seite? Besonders jetzt, wo sie älter und einsamer geworden war? Hätte sie doch bleiben sollen? Sich überwinden? Nein, nein, es war unmöglich. Sie konnte nicht die Luft eines Hauses atmen, wo man sie der niedrigsten Gesinnung verdächtigte. Mit allen Fasern ihres Herzens sehnte sie sich nach Hause, nach dem Rebenhäuschen, und konnte doch nicht zurück. Und plötzlich fühlte sie ganz unheimlich etwas in sich aufsteigen, eine nie gekannte Bitterkeit, einen tiefen Groll gegen die Frau, die nicht nur so viel Zerstörung in die Familie hineingetragen hatte, sondern die kaltblütig versuchte, auch ihre Ehre zu vernichten, und die ihr nun auch die Heimat genommen hatte.

Der ältere Mitreisende hatte sich in den Speisewagen begeben, wo er wohl hoffte, bei einer Tasse Kaffee und der neuesten Zeitung die Reisezeit besser auszufüllen. In seinem Abteil war nichts mehr zu erfahren. Es schien niemand von den Mitreisenden etwas Besonderes erlebt zu haben. Manchmal sieht ein Kinderauge tiefer. Der kleine Junge auf dem Schoße der Erzieherin flüsterte dieser plötzlich zu: „Die Tante da drüben weint, o sieh nur, sie weint!" und ehe Fräulein Großmann das Kind hindern konnte, war es schon von ihrem Schoß gerutscht und stand vor Eva Maria.

„Du, Tante, warum bist du so traurig?" Er betrachtete sie aufmerksam. „Ist dir jemand gestorben?"

Eva sah den kleinen, treuherzigen Frager an, trocknete verlegen die Tränen und schüttelte den Kopf.

„Also niemand gestorben?" fragte der Kleine. „Nein, du hast ja auch kein schwarzes Kleid an", konstatierte er und betrachtete prüfend Evas hellgrünes Reisekostüm. — „Aber warum weinst du denn sonst?" Er schien entschlossen zu sein, den Grund ihrer Traurigkeit zu erfahren. „Hast du vielleicht etwas verloren?"

„Ja, mein Kleiner", erwiderte Eva Maria und streichelte den dunklen Lockenkopf, „ich habe etwas verloren."

„Ach, wie traurig!" rief das Bübchen aus. Fräulein Großmann, die durch die Neugierde ihres kleinen Schützlings in große Verlegenheit geraten war, rief und ermahnte ihn vergeblich: „Peterlein, komm her, du darfst die Dame nicht belästigen." Aber das Kind ließ sich nicht stören.

„Weißt du", fuhr er zutraulich fort, „ich habe am Strand auch einmal was verloren, mein kleines gelbes Schäufelchen. Wir waren nämlich mit Tante Henny am Meer, da mußte ich lange suchen, bis ich es wieder hatte. Vielleicht mußt du auch mal richtig suchen, dann findest du sicher wieder, was du verloren hast. Oder wenn alles Suchen nichts nützen will, dann muß man beten, dann zeigt einem der liebe Gott, wo es ist, oder er läßt dich, weil du so traurig bist, erst gar nicht lange suchen, sondern bringt es dir selber wieder. Beten hilft nämlich immer, sagt Mutti, nicht wahr, Tante Henny, das hilft immer?!"

Fräulein Großmann nickte, und dann sahen die beiden sich an, Eva Maria Seeborg und Henny Großmann, und schon war eine Verbindung geschaffen. Eva Maria drückte den kleinen Peter an sich. Das Kind ahnte nicht, daß es ihr ein Lichtblick in ihrer Dunkelheit geworden war. War sie nicht tatsächlich in Gefahr, etwas Wertvolles zu verlieren, ihr Vertrauen zu Gott? Mußte ihr also ein Kind wieder zurechthelfen? Welch seltsame Mittel wendet Gott oft an, um uns zur Einsicht zu bringen.

„Ja, mein kleiner Freund", erwiderte Eva Maria, während ihr noch ein paar Tränen über die Wangen liefen, „ich weiß es, das Beten nützt in jedem Fall." Sie wechselten nicht viele Worte, die beiden gleichaltrigen Mädchen, aber sie spürten beide etwas Seelenverwandtes. Fräulein Großmann war zu zartfühlend, um mit plumpen Worten an den Kummer ihrer Mitreisenden zu rühren, aber sie hätte ihr so gerne einen Trost gegeben. So entnahm sie ihrem Handtäschchen eine kleine Taschenbibel, blätterte einen Augenblick darin und reichte sie Eva Maria mit freundlichem Lächeln: „Wollen Sie bitte dieses einmal lesen?" Sie deutete auf eine bestimmte Stelle; und Eva Maria las: „Wir wissen aber, daß denen, die Gott lieben, alle Dinge zum Besten dienen."

Eva reichte ihr die Hand: „Ich danke Ihnen! Ja, das ist ein Trost." Und während sie die kleine Bibel zurückgab, sagte sie: „Das ist auch mein Buch."

„Wie schön", sagte Fräulein Großmann voll Innigkeit, „dann gehören wir zu den Glücklichen, die nie hoffnungslos zu sein brauchen." Da war sie wieder, diese geheimnisvolle, heilige Verbindung zwischen zwei Menschen, die die rechte Wahl für Zeit und Ewigkeit getroffen haben. Die brauchen nicht viele Worte zu wechseln und werden sich gegenseitig doch immer zu beschenken haben.

Dieses Zusammentreffen hatte Eva Maria viel gegeben. Sie war sichtlich getröstet. Als sie in Stargard von ihrem Bruder am Bahnhof abgeholt wurde, konnte sie ihm mit frohem Gesicht entgegengehen. „So, Kurt, hier hast du deine Haushälterin."

Das Auge des Arztes aber ließ sich nicht täuschen. „Was ist mit dir los, Schwesterlein? Du siehst sehr angegriffen aus."

„Das gibt sich wieder", entgegnete Eva und winkte ihrem kleinen Freund, der eben mit Fräulein Großmann und seinen Geschwistern die Bahnhofshalle verließ, einen letzten Gruß zu. „Stelle mich nur gleich an die Arbeit, das ist die beste Medizin."

*

Im Wartezimmer des jungen Arztes Dr. Seeborg waren die Patienten in eifrigem Gespräch.

„Der Herr Doktor hat eine neue Assistentin. Ein sehr nettes Fräulein."

„Ja, sie macht einen guten Eindruck, zu jedem ist sie freundlich und hilfsbereit."

„Habt Ihr die scheenen Hoore gesehen?" fragte ein altes Mütterchen. „Keen Bubikopf, sondern lange blonde Zöppe."

„Soll ich euch mal was sagen?" fragte eine dicke Frau. „Das is keen bloßes Fräulein nich, das is seine Braut."

„Was? Woher wissen Sie denn das?"

„Sie hat doch gar kein Verlobungsring nich an."

Die dicke Frau schien beinahe entrüstet, daß man ihren Worten nicht Glauben schenkte. „Muß denn immer een Verlobungsring da sin? Ich werde doch wohl wissen, was ich mit meine Ohren jehört habe." Sie tat sehr geheimnisvoll.

„Was, was haben Sie gehört?"

Alle, wie sie da saßen, reckten die Hälse, um sich ja nichts von dem Geheimnis entgehen zu lassen.

Die schweratmende dicke Frau räusperte sich erst noch einmal und erzählte dann geheimnisvoll flüsternd: „Ich habe janz jenau jehört, wie er jesagt hat: ‚Eva Maria, bitte komm doch einmal in mein Zimmer.' Und so was sagt er nich zu seine Assistentin. Und das hat er janz zärtlich jesagt."

„Ach? Denkt mal an! Nein, so was!"

Die Türe zum Sprechzimmer öffnete sich und Doktor Seeborg trat ein: „Der Nächste, bitte!"

Eine der Marktfrauen war an der Reihe. Die soeben gehörte Neuigkeit beschäftigte sie so, daß sie meinte, platzen zu müssen, wenn sie sich nicht hätte Luft machen können. Kaum hatte Doktor Seeborg seine ärztlichen Anordnungen gegeben, als sie ihm ihre große Hand entgegenstreckte: „Ich gratuliere auch herzlich, Herr Doktor."

„Mir, Frau Bayer? Ich wüßte nicht..."

„Sie haben wirklich Geschmack, Herr Doktor, das muß man Sie lassen."

Der junge Arzt sah seine Patientin nicht ohne Erstaunen an. „Wollen Sie mir nicht bitte erklären?"

„Na zu die Braut, Sie haben Ihnen doch verlobt!"

„Ich, verlobt?" lachte der Arzt. „Das ist mir neu. Mit wem denn, wenn ich fragen darf?"

„Na mit Ihre Braut", lächelte Frau Bayer, vergnügt, als Mittwisserin seines Geheimnisses vor ihm zu stehen. „Wir wissen es doch, daß das nette Fräulein, wo immer so freundlich die Türe ufmacht, Ihre Braut ist, wir haben's doch jehört, daß Sie ihr bei ihren Vornamen jerufen haben."

Da lachte der Arzt schallend auf. „O ihr klugen Frauen, da habt ihr euch wieder einmal einen schönen Roman zusammengedichtet. Das ist doch meine Schwester, die mir den Haushalt führt."

Frau Bayer war sichtlich bestürzt. „Oh, oh, Ihre Schwester, man bloß Ihre Schwester? Na, dann entschuldigen Sie man, wir haben's ja nich bös jemeint. Die Schulzen, die hat's nämlich behauptet."

„Schon gut, schon gut", beruhigte sie der Arzt und lachte mit dem ganzen Gesicht. „Sagen Sie der Schulzen, ich würde sehr wahrscheinlich ein großes Schild im Wartezimmer anbringen lassen, wenn ich mich wirklich einmal verloben sollte. Und nun vergessen Sie nicht, die Tropfen regelmäßig einzunehmen."

Frau Bayer aber konnte nicht anders, als ihren Kopf schnell zur äußeren Türe des Wartezimmers hereinzustrekken und zu rufen: „Es is ja jar nich wahr, es is nich seine Braut, es is bloß seine Schwester, er hat es mir selbst jesagt."

So, nun wußten sie's.

„Ach? Nich die Braut, bloß die Schwester?"

Die Schulzen aber bekam einen regelrechten Hustenanfall, so ärgerte sie sich, daß ihre Neuigkeit nun doch keine Neuigkeit war.

Doktor Seeborg aber erzählte am Mittagstisch diesen kleinen Zwischenfall seiner Schwester, und sie amüsierten sich beide köstlich darüber. Es bestand ein frohes, harmonisches Verhältnis zwischen den Geschwistern. Der junge Arzt war begeistert von seiner kleinen Haushälterin. „Es ist doch nichts, wenn so ein Junggeselle sich allein versorgen muß", sagte er oftmals.

„Ja, ja, es war höchste Zeit, daß ich kam", erwiderte dann wohl Eva Maria. „Ich werde meinen Einzug bei dir nicht so leicht vergessen. Als ich dich nach deinen Wünschen zum Abendbrot fragte, da antwortetest du mir in beinahe selbstbewußter Art: ‚Du wirst alles, was du brauchst, in meinem Küchenschrank finden.' Und als ich diesen beinahe umstülpte, um etwas Genießbares zu finden, siehe, da kam eine verschimmelte Brotkruste zum Vorschein und eine Tüte Vogelfutter. Und das will jemand sein, der andern Leuten Ratschläge über gesundheitsfördernde Ernährung erteilt." Da drohte er ihr: „Schwesterlein, hüte dich, mich schlecht zu machen."

So lebten die Geschwister in froher Harmonie zusammen. Eva Maria hielt die kleine Wohnung wie ein Schmuckkästchen. An allen Fenstern standen blühende Blumen. Ein Kanarienvogel trillerte in seinem Käfig und stimmte jubelnd mit ein, wenn der Doktor mit seiner Schwester, was allerdings wegen Zeitmangel selten vorkam, musizierte. Kurt Seeborg konnte es nicht begreifen, daß er nicht schon längst auf die Idee gekommen war, seine Schwester zu bitten, zu ihm zu kommen. Jetzt sorgte doch wenigstens jemand dafür, daß seine Wäsche und Kleider in Ordnung waren. „Daran hat's wirklich oftmals gefehlt", gestand er ihr eines Tages. „Wenn ich in meinen Strümpfen ein so großes Loch hatte, daß sämtliche Zehen herausguckten, dann wußte ich mir gewöhnlich nicht anders zu helfen, als daß ich einen starken Faden nahm und das ganze Loch fest zusammenband. Die Folge war meistens, daß dann die Ferse auseinanderkrachte, weil der Strumpf viel zu kurz geworden war." Dann konnte Eva herzlich lachen: „O Herr Doktor!"

Die Patienten wären allesamt für das Fräulein Schwester, wie Eva Maria im allgemeinen genannt wurde, durchs Feuer gegangen. Wenn ein ängstliches Kind in die Sprechstunde gebracht wurde, dann brauchte nur das Fräulein Schwester zu kommen und ein paar tröstliche Worte zu sagen, dann ging es schon besser, oder wenn sie dem kleinen Patienten gar ein Stückchen Schokolade in die Hand drückte, dann war die Angst bald ganz verschwunden.

Hatte Kurt Seeborg irgendeine schmerzhafte Wunde zu verbinden, dann rief er bestimmt nach Eva Maria. Es ging viel besser, wenn diese den Kopf oder die Hand des Kranken hielt. Sie hatte eine so wohltuende, beruhigende Art. Es dauerte gar nicht lange, da war sie ihrem Bruder eine unentbehrliche Assistentin geworden, und Eva war glücklich, ihm eine Hilfe sein zu können. Kurt Seeborg hatte tatsächlich sein Ziel erreicht. Mit bewundernswürdiger Energie und Ausdauer hatte er Jahr um Jahr gearbeitet, gespart und oft genug auch gedarbt. Nun hatte er es geschafft. Der Dienst an den Kranken und Leidenden füllte sein Dasein vollkommen aus. Erstaunlich schnell war es bekannt geworden, was für ein liebenswürdiger und menschenfreundlicher Arzt der junge Doktor Seeborg sei, und bald waren seine Sprechstunden so besucht, daß er die Arbeit kaum bewältigen konnte. Ganz besonders die Armen und Bedürftigen fanden den Weg zu ihm. Sie wußten, er hatte Verständnis für sie. Es hatte sich auf irgendeine Art herumgesprochen, daß er das Geld für sein Studium als Fabrikarbeiter hatte verdienen müssen. Da begriffen sie, daß er Not und Armut verstand und mit ihnen fühlen konnte. Aber er hatte auch eine Anzahl gutgestellter Patienten, die ihn wegen seines guten Rufes als tüchtigen Arzt schätzten.

Manchmal begleitete Eva Maria ihn, wenn er seine Krankenbesuche machte. Besonders die Einsamen und Bedürftigen waren es, zu denen sie sich hingezogen fühlte. Denen aber war es, als leuchtete ein helles Licht in ihre Dunkelheit hinein, wenn der Herr Doktor seine gütige Schwester mitbrachte. Und nie kam sie mit leeren Händen. Ein ganz neuer Lebenskreis öffnete sich ihr, und sie staunte über alles, was sie erlebte. Zu ihrem Bruder blickte sie mit Bewunderung auf. Es war großartig, wie er sich in den verschiedenen Situationen seines Lebens zurechtfand und wie es ihm gegeben war, zur rechten Zeit und am rechten Ort das rechte Wort zu finden. Seine humorvolle Art half ihm sehr im Umgang mit den verschiedensten Menschen.

So war Eva Marias Dasein ausgefüllt, und sie war glücklich im Dienst an anderen. Aber in all der Abwechslung ihrer Tage war es ihr immer wieder, als höre sie aus der Ferne einen Glockenton schwingen, oft leise, oft lauter, und sie wußte, das waren Rufe aus der Heimat, die Gedanken der Mutter im Rebenhäuschen, die zu ihr eilten. Und eine namenlose Sehnsucht wollte dann über sie kommen, ein

Heimweh, das ihre Seele erzittern ließ. Ihr Bruder ahnte, daß ihrem plötzlichen Entschluß, zu ihm zu kommen, eine besondere Ursache zugrunde liegen mußte. Aber er war zu taktvoll, sich ihr mit Fragen aufzudrängen. Wenn ich es wissen soll, wird sie es mir schon sagen, dachte er. Nur einmal fragte er im Laufe der Unterhaltung nach Friedemann. „Ist er glücklich verheiratet?"

Eva Maria schwieg eine Weile, dann erwiderte sie: „Was soll ich dir antworten? Die Frage nach dem Glücklichsein eines Menschen ist immer schwerwiegend. Es ist fast unmöglich, sie wahrheitsgetreu zu beantworten. Was der eine als Glück empfindet, würde der andere als Unglück ansehen. Wir Menschen sind ja so verschieden veranlagt."

Kurt Seeborg empfand, daß seine Schwester vorsätzlich seine Frage umging, und darum drang er auch nicht weiter in sie. Aber er dachte sein Teil.

*

Im unteren Wohnzimmer des Rebenhäuschens saß Frau Honeck und erzählte dem kleinen Hans-Werner eine Geschichte. Das Kind saß auf ihrem Schoß und wandte kein Auge von der Großmutter. Als sie die Erzählung beendet hatte, seufzte er laut auf. „O wie schön, Großmutti, wie schön! Noch eine, Großmutti, ja? Vom Christkind eine." Eben wollte Frau Honeck den Wunsch des Kindes erfüllen und die Christkindgeschichte beginnen, er meinte nämlich die Weihnachtsgeschichte, als vom oberen Stockwerk her sein Name gerufen wurde.

„Deine Mama ruft dich, Liebling, geh schnell zu ihr", mahnte Frau Honeck, als sie sah, daß sich das Gesicht des Jungen verfinsterte.

„Ich geh nicht", antwortete er trotzig. „Erst mußt du mir die Christkindgeschichte erzählen."

„Nein, Bübchen, du mußt gehorchen. Ich erzähle sie dir morgen. Gewiß hat die Mama schon dein Abendsüppchen bereit."

„Hans-Werner!" tönte es da wieder, und zwar recht ungeduldig.

„Hörst du, Mama ruft schon wieder! Sei jetzt ein artiges Kind und spring schnell hinauf!"

„Ach, Großmutti", bettelte das Kind, „die Geschichte!"

Jetzt hörte man sehr energische Schritte auf der Treppe. Die Wohnzimmertüre wurde aufgerissen, und Lilli trat sichtlich verärgert ein.

„Was fällt dir ein, nicht zu gehorchen? Hast du nicht gehört, daß ich dich gerufen habe? Ich begreife dich nicht", wandte sie sich empört an die Schwiegermutter, „daß du mir das Kind nicht sofort heraufschickst. Jetzt aber schnell, Hans-Werner!"

Der Junge aber klammerte sich an Frau Honeck. „Laß mich, Mama, Großmutti erzählt mir noch eine Geschichte."

„Nichts da, du kommst sofort mit!" Lilli riß das Kind unsanft am Arm. „Wer hat denn eigentlich über dich zu bestimmen?"

Aber der Kleine wehrte sich mit Händen und Füßen. Die Großmutter versuchte, ihm gut zuzureden und wollte ihn auf den Boden stellen, aber er klammerte sich fest an sie und schrie: „Großmutti, erst erzählen, bitte, bitte!"

Da versuchte ihn Lilli mit Gewalt herunterzureißen. Hans-Werner aber schlug nach ihr und schrie: „Böse Mama, böse Mama!"

Lilli war außer sich vor Zorn. „Was, du schlägst mich?

Dafür bekommst du deine Strafe, es ist das letztemal, daß du hier heruntergekommen bist. Du bleibst von jetzt an oben, du ungezogenes, abscheuliches Kind." Und sie schlug in maßlosem Zorn auf den Jungen ein.

Frau Honeck suchte zu vermitteln. „Lilli, nicht so, nicht so, laß ihn erst einmal zur Ruhe kommen, er sieht dann schon ein, daß er ungezogen war. Nicht so, Lilli, nicht in solch unseligem Zorn, laß dich doch nicht so hinreißen."

„Das ist meine Sache", schrie Lilli wütend, „ich werde doch noch mit dem Kind fertig werden." Und dann zerrte sie den schreienden Jungen aus dem Zimmer.

„Großmutti, Großmutti", jammerte der Kleine. Jetzt waren sie oben, und Frau Honeck hörte noch einmal klatschende Schläge. Am liebsten wäre sie hinaufgeeilt, aber sie wußte, sie hätte die Sache dadurch nur verschlimmert. So stand sie mit wehem Herzen am Fenster und blickte hinaus in die Dämmerung des Wintertages. Die Akazien in der Brunnenstraße streckten wie in Verzweiflung ihre kahlen Äste gen Himmel. Kein Mensch war weit und breit zu sehen. Die kalte Straße hatte keine Anziehungskraft. Die Menschen suchten die schützende Wärme auf. Wie ausgestorben lag alles da. Es war Winter geworden.

Frau Honeck fuhr fröstelnd zusammen. War es möglich, daß man im behaglich geheizten Zimmer eine solche Kälte empfand? Aber es gab schließlich auch ein Frösteln, das nicht unbedingt mit der Temperatur zusammenhing. In vier Wochen war Weihnachten. In Frau Honecks Wohnzimmer hing seit gestern ein kleiner Adventskranz, und auch oben bei den jungen Leuten war ein solcher, sogar ein ganz prächtiger mit breitem Seidenband und Schleifen, angebracht worden. Es war dieses doch eine den Schönheitssinn fördernde

Sitte, und darum machte man mit, vielleicht aber war es für Friedemann auch noch ein Stück lieblicher Erinnerung aus einer unvergeßlichen, schönen Zeit, die er nicht missen mochte. Ach ja, die Adventsabende, als Eva Maria noch zu Hause war und die beiden im Schein der Adventslichter miteinander musizierten: „Wie soll ich dich empfangen und wie begegnen dir?!" — —

Und so hatte man sich in die Weihnachtszeit hineingefeiert, bis dann der Heilige Abend die Erfüllung brachte. Ja, jetzt brannten wohl auch die Adventslichter im Rebenhaus, und zum Weihnachtsfest die Kerzen am reichgeschmückten Baume, schon um des Kindes willen, aber es fehlte einfach der volle Ton der Freude. Die Weihnachtsbotschaft „Friede auf Erden und den Menschen ein Wohlgefallen" fand kein Echo mehr im Rebenhäuschen. Frau Honeck lehnte die Stirne an das kalte Fenster. Dunkler und dunkler wurde es draußen. Sie zündete ein Licht am Adventskranz an, aber das stimmte sie so wehmütig, daß sie es gleich wieder ausblies. So saß sie in ihrem Zimmer wieder einmal einsam und trostbedürftig. Ach, wenn doch Eva Maria hier gewesen wäre! Es ahnte niemand, wie sehr sie ihr fehlte. Warum war sie nur fortgegangen? Es konnte nicht anders sein, als daß sie etwas vor ihr verbarg. Sie konnte nicht glauben, daß Eva aus selbstsüchtigen, eigennützigen Gründen gegangen war. Ob da nicht irgendein Zusammenhang bei Lilli zu suchen war. Ach, Lilli! Sollte es denn nie anders werden? Frau Honeck war tatsächlich bald am Ende ihrer Kraft. Es schien ganz unmöglich, das Herz der Schwiegertochter zu gewinnen. Und jetzt, wo sie an das Kind dachte, kamen ihr gar die Tränen. Ein vollkommen unhaltbarer Zustand war es geworden. Lilli verwöhnte einesteils das Kind unsagbar, auf der anderen Seite verlor sie aber sofort die Geduld, sobald es aus irgendeinem Grunde eigensinnig wurde. Dann strafte sie Hans-Werner in unbeherrschter Weise. Das Kind fühlte natürlich den Unterschied zwischen der jähzornigen Mutter und der ruhigen, ausgeglichenen Großmutter und fühlte sich demzufolge zu letzterer weit mehr hingezogen. Darüber aber ärgerte sich Lilli derartig, daß sie in ihrer fanatischen Eifersucht behauptete, die Schwiegermutter mache ihr absichtlich das Kind abspenstig. Wiederholt hatte Frau Honeck versucht, in aller Güte auf sie einzuwirken. Wie oft hatte sie liebevoll den Arm um sie gelegt und ihr zugeredet: „Lilli, laß uns doch im Frieden beieinander leben. Wir wollen uns doch gegenseitig vertrauen und füreinander, nicht gegeneinander da sein. Komm, Kind, wir werden ja sonst alle miteinander unglücklich.“ Das hatte vielleicht ein, zwei Tage Wirkung gehabt, aber dann war die weiche Regung in Lillis Herzen wieder verflogen. Und das sollte nun immer so bleiben? Nie im Leben war Frau Honeck so unglücklich gewesen. Die Last des Unfriedens, den sie doch wahrlich nicht suchte, legte sich ihr oft schwer aufs Herz, so daß sie sich nicht nur seelisch, sondern auch körperlich oft sehr elend fühlte. Wie nötig hätte sie jetzt einen Menschen gehabt, auf den sie sich lehnen, der sie stützen konnte, aber sie war allein. Sie meinte plötzlich die tränengefüllten Augen Hans-Werners vor sich zu sehen. Richtig, sie hatte mit dem Kind noch nicht gebetet. Gewiß lag er schon in seinem Bettchen und wartete auf sie, wagte aber nicht nach ihr zu rufen. Bitterkeit wollte in ihr aufsteigen, aber sie überwand sich und ging hinauf. Lilli war in der Küche beschäftigt.

„Ich gehe schnell zu dem Kleinen, um mit ihm zu beten.“ Sie bekam keine Antwort.

Hans-Werner lag schluchzend in seinem Bett.

„Großmutti!“ er wagte es nur zu flüstern und streckte ihr beide Ärmchen entgegen. Und die Großmutter beugte sich liebevoll über das Kind und streichelte mit linder Hand immer wieder beruhigend über das Köpfchen, obwohl auch ihr das Herz weinte. „Du warst nicht lieb, mein Herzenskind“, klagte sie dann, „die Mama ist sehr traurig über dich, du mußt ihr sagen, daß du wieder brav sein willst.“

„Hans-Werner will gut sein“, schluchzte das Kind. Und dann sang die Großmutter mit bewegter Stimme: „Breit aus die Flügel beide, o Jesu, meine Freude, und nimmt dein Küchlein ein!“ Und Hans-Werner betete: „Hab ich Unrecht heut getan, sieh es, lieber Gott, nicht an, deine Gnad' und Jesu Blut machen allen Schaden gut. Amen.“

Frau Honeck streckte den Kopf noch einmal zur Küchentür hinein. „Lilli, ich glaube, du solltest jetzt einmal zum Bübchen ins Zimmer gehen. Er will dir etwas sagen.“

„Er soll warten, bis ich Zeit habe“, antwortete die junge Frau in lieblosem Ton, „vorhin wollte er auch nichts von seiner Mutter wissen.“

Frau Honeck ging traurig in ihre Wohnung hinunter. Sie machte auch jetzt kein Licht, als sie dort saß, den Kopf in die gefalteten Hände auf den Tisch gelegt. „Herr, mein Gott“, betete sie, „ist's noch nicht genug? Wenn du nicht bald eingreifst, dann geht es über meine Kraft.“ Sie ahnte nicht, wie Gott schon gar bald eingreifen würde, und es war gut, daß sie nicht in die Zukunft blicken konnte, denn sonst wäre sie wahrscheinlich vollends zusammengebrochen.

Einige Augenblicke später kam Friedemann aus dem Geschäft nach Hause. Er hatte noch nicht seinen Mantel abgelegt, als seine Frau ihn schon wieder mit ihren empörten

Klagen überfiel. „Deine Mutter verwöhnt das Kind, sie hetzt es absichtlich gegen mich auf. Es ist kein Umgehen mehr mit dem Jungen. Heute hat sie es ruhig mit angesehen, daß er mich geschlagen hat." So ging es eine ganze Weile weiter. Sie jammerte und klagte so lange, bis Friedemann genug hatte.

„Hörst du endlich auf?" schrie er sie an. „Ist es denn nicht möglich, daß ein einziger Tag ohne diese Anschuldigungen, ohne Zank und Streit vergeht? Ich bin es jetzt satt!" Und er schlug die Wohnzimmertüre hinter sich zu, daß das Haus dröhnte und Hans-Werner erschrocken in seinem Bettchen in die Höhe fuhr. „Mama, Papa!" schrie er angstvoll auf.

Frau Honeck aber saß weinend in ihrem Wohnzimmer und hielt den Adventskranz im Schoß, der durch den starken Stoß von der Decke heruntergefallen war. Sie befestigte ihn auch nicht mehr an seinem Platz. Wie auf einen Totenkranz sah sie nieder.

Die Lichter der Freude waren im Rebenhäuschen erloschen.

Friedemann Honeck sah keinen Ausweg mehr. Nie hätte er es für möglich gehalten, daß er einmal so todunglücklich werden würde. Das ganze Dasein kam ihm sinnlos vor. — — Von innerer Qual gehetzt, lief er an diesem Adventsabend am Strand entlang. Der Himmel war bewölkt. Gespensterhafte Wolkenfetzen wurden vom Sturm gejagt und verhüllten immer wieder den Mond, dessen Licht heute dem verzweifelt über die Dünen irrenden Menschen erbarmungslos und hart vorkam. Trotz der ihn umgebenden Kälte warf sich Friedemann zur Erde. Der Schnee war in den letzten Tagen an einigen Stellen geschmolzen. Er griff in den Sand und ließ dessen feine Körner durch die Finger rieseln . . . immer wieder. Genauso war sein Leben dahingegangen – unaufhaltsam – und so würde es weiter dahingehen – wie der Sand zwischen seinen Fingern hinwegrieselte – und nichts, was geschehen war, konnte rückgängig gemacht werden – und immer mußte er diese furchtbare Not und Erkenntnis mit sich herumtragen: Du hast es so gewollt – du bist selbst schuld an deinem Unglück. –

Friedemann – – worauf wartest du noch? – –

Niemand sieht dich – wenn du dich jetzt drüben vom Steg ins Wasser stürzt! –

Mach Schluß! – – Dann ist Lilli frei und du selbst tauchst unter im Meer des Vergessens!

Vergessen? – – Folgt denn wirklich nach diesem Letzten Vergessen?

Ist es das Letzte? – Das Allerletzte? –

Und mein Kind? – und meine Mutter? – – O Gott! Friedemann sprang auf wie von Furien gejagt und lief mit wehendem Mantel weiter. Wo gab es für ihn Hilfe?

Es schauderte ihn. Er war, ohne es zu wollen an die Stelle gekommen, wo wenige Tage vorher Rolfs Vater Selbstmord verübt hatte. An dem knorrigen Ast eines alten Baumes am Strande hatte er sich erhängt und seine Frau und die Seinen in größtem Elend zurückgelassen. – Unheimlich war diese Stelle. Friedemann floh geradezu vor ihr. Aber seinen Gedanken konnte er nicht entfliehen. Die saßen in ihm – die krallten sich fest in seiner Seele und ließen ihn nicht mehr los. –

Und Rolf? – Der ehemalige Freund? – – Schon lange hatte er nichts mehr von ihm gehört. Das Letzte war, daß er vor zwei Jahren zu etlichen Jahren Gefängnis verurteilt worden war wegen Unterschlagung. Er hatte sich inzwischen verheiratet und seine unglückliche junge Frau saß bei seiner Mutter mit ihrem Kind, von dem man sagte, daß es schwachsinnig sei, und verzweifelte schier am Leben. — — Aber was hatte er, Friedemann Honeck, damit zu tun? — Längst hatte er sich losgesagt von diesem Menschen, den er vor Jahren — ach, wie lang war das her — und welch glückliche Zeit war das gewesen — in kindlicher Torheit seinen Bruder genannt hatte. — —

Was ging ihn dieser Rolf Schmutzer noch an? — — Woher kam ihm plötzlich in dieser Nacht des Grauens die Frage aus der Bibel: „Wo ist dein Bruder Abel?" — — Und es begehrte ebenfalls in ihm auf: „Soll ich meines Bruders Hüter sein?" — — Aber es schien ihn eine Faust gepackt zu haben, die ihn nicht losließ — — oder war es Gottes Hand, die schwer auf ihm lag? —

Hast du vergessen, was du damals gelobt hast — in der Zeit, als die Vorträge von Professor von Tavel dich so stark beeindruckten? — Hast du vergessen, wozu du dich damals entschlossest? — —

Du fragst, was dich dein Jugendfreund heute noch angehe? Sein seelischer Zerfall, seine Minderwertigkeit haben dich angeekelt — du hast dich hoch erhaben über ihn gefühlt — was hast du getan, um ihn vor dem Gleiten, vor dem Sturz zu bewahren? — Du, der du sicher warst, den rechten Weg eingeschlagen zu haben. — — Und inwiefern stehst du turmhoch über ihm? — — Daß du heute nicht im Gefängnis bist, ist nicht deiner Tugend zuzuschreiben, sondern der guten Erziehung und dem Vorbild deiner Eltern — — aber eine Tatsache bleibt es doch, daß du als Wortbrüchiger vor deinem Gott stehst. Ist das nicht ebenso schlimm oder gar noch schwerwiegender, als wenn dieser Schmutzer ein Mädchen betrogen und ihm sein Wort gebrochen hat? Und was ist da für ein Unterschied? Deine Frau sitzt genauso verzweifelt und weinend zu Hause am Bett ihres Kindes wie die Frau dieses im Gefängnis Schmachtenden. – Nur daß er nicht wie du eine Mutter sein eigen nennt, die von der ersten Minute seines Lebens an die Hände über ihm faltete, wie es deine Mutter getan hat. Daß dein Kind begabt und wohlgeartet ist, das ist ebensowenig dein Verdienst. Eine ernste Sprache aber sollte es dir sein, daß es sich an dem armen schwachsinnigen Geschöpfchen dort an der Stätte der Armut beweist, daß die Sünden der Väter heimgesucht werden bis ins dritte und vierte Glied. – –

Friedemann meinte den Verstand zu verlieren. – Sollte er denn niemals mehr Ruhe finden? – – Unter seinen Füßen zerbrach krachend eine große Muschel. – So zerschlagen und in Scherben kam ihm sein Leben vor. Spät in der Nacht kam er heim. – – Im Zimmer seiner Mutter brannte noch Licht. Aber er ging nicht zu ihr.

*

Wenige Tage vor Weihnachten erhielt Frau Honeck einen Brief von Eva Maria. Sie schrieb regelmäßig, und ihre Nachrichten waren erfüllt von liebevoller Besorgnis um das Wohlergehen ihrer mütterlichen Freundin. Auch heute konnte Frau Honeck den Brief nicht ohne tiefe Bewegung lesen.

Stargard, den 14. 12. 1932

Meine liebe, gute Mutter!

Ist es denn wahr, daß in zehn Tagen schon Weihnachten ist? Ich kann es beinahe nicht glauben, aber da es auf dem Kalender steht, wird es wohl stimmen. Ich kann mich diesmal aber gar nicht recht freuen. Weihnachten, und ich bin nicht im Rebenhäuschen. Ich denke zurück an all die lieben Feste, die wir zusammen verlebten. Schon die Adventszeit war so wunderbar mit ihren geheimnisvollen Vorbereitungen. Und wenn dann im kleinen Wohnzimmer am Heiligen Abend die Lichter an der Tanne ihren stillen Schein verbreiteten, wie festlich sah der Baum immer aus in seinem weißen Schmuck, dann konnte es gar nirgends in der weiten Welt so traulich sein wie bei Dir, o Mutter.

Ich darf meine Traurigkeit Kurt gar nicht zeigen. Er ist überglücklich, daß ich in diesem Jahr das Fest mit ihm verlebe, und er hat eine Geheimnistuerei wie ein kleiner Junge. Immer wieder fragt er mich: „Freust du dich auch, Kleine? Soll ich dir verraten, was dir das Christkind bringt? Nein, fällt mir gar nicht ein, du wirst wohl warten können bis zum Heiligen Abend." Da darf ich seine Freude doch nicht zerstören, und so muß ich meine Sehnsucht nach Dir und dem lieben kleinen Heimathaus tief in mein Herz verschließen. Kurt plant eine Bescherung für eine ganze Anzahl seiner armen Patienten, besonders aber für die Kinder. Am liebsten würde er ein ganzes Spielwarengeschäft ausräumen. Ich frage ihn manchmal: „Woher willst du denn das Geld zu deiner Bescherung nehmen?" Dann guckt er mich an, als sei dieses Wort für ihn ein völlig unbekannter Begriff.

„Geld? Na, es wird schon irgendwoher kommen. Schließlich habe ich ja auch eine ganze Anzahl reicher Patienten, die werde ich schon rankriegen." Und tatsächlich kommt er zwei Tage später und hält mir einen Zwanzigmarkschein vor die Augen. „Für die Weihnachtsbescherung von dem alten Kohlenhändler."

Ach, da muß ich Dir noch etwas Nettes erzählen. Letzte

Woche saß ich ein wenig einsam in unserem Wohnzimmer. Kurt machte Krankenbesuche, und ich stopfte seine Strümpfe. Im Zerreißen seiner Sachen leistet er nämlich Hervorragendes. Es war so still um mich her, und ich hatte wieder einmal recht Mühe, die alte Sehnsucht zu bekämpfen, die sich in solchen stillen Augenblicken besonders stark bemerkbar macht. Du mußt es doch eigentlich spüren, wenn ich mit meinen Gedanken so intensiv bei Dir bin. Also, ich fühlte mich recht einsam. Außer Kurt habe ich ja niemand hier, mit dem ich Umgang pflegen könnte. Er nimmt mich wohl hin und wieder mit zu seinen armen Patienten, aber da sind wir doch immer die Gebenden. Du verstehst, Mutter, daß mir da oft der Wunsch nach einem guten Menschen aufsteigt, der gleiche Interessen hat wie ich, mit dem ich ein wenig Gedankenaustausch pflegen kann. Gerade beschäftigten mich diese Gedanken, als Kurt nach Hause kam. Ich wollte ihm eben einen starken Kaffee kochen, denn er war ziemlich ermattet, als das Telefon läutete und er dringend zu einem Schwerkranken gerufen wurde. Er nahm seine Brieftasche und machte sich ein paar Notizen. Dabei entdeckte er ein wichtiges Rezept unter seinen Papieren. „Ach wie dumm", sagte er, „jetzt habe ich das Rezept eingesteckt, anstatt es im Hause des Herrn Direktor Brotmüller zu lassen. Die benötigen es aber dringend für den kleinen Jungen, der krank ist." Er bat mich dann, es doch gleich hinzutragen, weil er selbst keine Zeit hatte. Und nun denke, Mutter, was ich erlebte. Ein nettes Dienstmädchen in weißer Schürze und Häubchen öffnete mir die Türe, und als ich eben den Grund meines Kommens erklären wollte, kam ein Fräulein aus einem der Zimmer, wir sahen uns an und erkannten uns. Es war die reizende junge Dame, mit der ich von Kolberg nach Stargard gereist bin. Ich schrieb Dir damals davon. Du glaubst nicht, Mutter, wie sehr wir uns über das Wiedersehen gefreut haben. Ich mußte meine Sachen ablegen, und sie führte mich zu der Dame des Hauses, die ein sehr sympathischer, kluger Mensch ist. Seit Jahren ist sie leidend und muß fast immer liegen, aber sie zeigt nichts von Mutlosigkeit oder Mißstimmung. Ihr Verhalten ist bewunderungswürdig. Ich begrüßte auch die Kinder. Peterlein, der Kleinste, war krank. Denke Dir nur, der kleine Kerl, jünger als Hans-Werner, erkannte mich gleich wieder und rief: „Ach, das ist doch die Tante aus der Eisenbahn. Bist du immer noch traurig? Ach nein, du lachst! Das ist schön! Kannst du Geschichten erzählen? Ja? Dann setze dich nur gleich her und fang an." Ich erzählte ihm, daß der Onkel Doktor mich geschickt hätte. „Ach", wunderte er sich, „das ist dann wohl dein Mann? So, dein Bruder? Ein Bruder ist auch nett. Ich habe auch einen. Na, sag mal deinem Bruder Doktor, daß ich ihn gut leiden mag. Er hat mir gar nicht weh getan. Nur auf dem Bauche hat er mir ganz leise rumgeklopft. Sag ihm, er soll ruhig wiederkommen, ich lasse ihn noch mehr klopfen. Ich schreie nämlich gar nicht, weil ich schon groß bin. Bald werde ich vier Jahre alt, dann kost ich was" (er meinte auf der Bahn). Er war zu drollig, der kleine Kerl, und ich konnte mich kaum von ihm trennen. Du kannst verstehen, wie ich da mit Sehnsucht an Hans-Werner denken mußte. Ich wurde dann zum Kaffee eingeladen, wo ich auch den Herrn Direktor kennenlernte. Fräulein Henny, die Erzieherin, zeigte mir nachher ihr Zimmer und ihre vielen Bücher und lud mich ein, sie öfters zu besuchen. Ach, Mutter, Du glaubst nicht, wie ich mich gefreut habe. Wir sind im gleichen Alter und verstehen uns ausgezeichnet. Weißt Du, was mir in den Sinn kam, als ich nach Hause ging? Der Bibelvers: „Ehe sie rufen, will ich antworten." Es war mir, als habe der liebe Gott meinen geheimen Kummer gesehen und mir nun die Begegnung mit diesen feinen Menschen geschenkt. Wie beschämt er uns doch oft! Und denke dir, gestern mußte Kurt wieder nach dem kleinen Peter sehen, und da schenkte ihm die Frau Direktor hundert Mark für seine Weihnachtsbescherung. Er hatte ihr ganz treuherzig davon erzählt. Als er nach Hause kam, glaubte ich beinahe, er habe den Verstand verloren. Wie ein Wilder sprang er im Zimmer umher, warf Hut und Mantel in eine Ecke, packte mich und drehte mich im Kreise herum, bis mir der Atem wegblieb und die Zöpfe herunterfielen, und dabei schrie er: „Hundert Mark, hundert Mark, hundert Mark!" Er war ganz außer sich vor lauter Freude.

Aber ich sehe schon, mein Brief wird heute wieder einmal zu einem Buch. Dabei habe ich nicht mal nach Deinem Ergehen gefragt. Du siehst, Mutter, wie es mir fehlt, daß ich nicht alles, was ich erlebe, mit Dir teilen kann. So muß ich Dir eben alles schreiben.

Wie geht es Dir gesundheitlich, liebste Mutter? Ich sorge mich so, daß Du Dich nicht genug schonst. Nimmst Du Dir auch eine Waschfrau und quälst Dich nicht mit der Wäsche allein? O liebes Mütterchen, ich habe oft so das Gefühl, daß Du recht einsam bist. Was macht denn unser Bübchen Hans-Werner? Ob er wohl hin und wieder an Tante Evi denkt? Ach das liebe, liebe Rebenhäuschen! Grüße mir alle.

Dich aber, Mutter, umarmt in herzlicher Liebe und großer Sehnsucht

Deine Eva Maria.

N.S.: Kurt läßt alle herzlich grüßen.

Und nun war es Weihnachten! Die hellerleuchteten Schaufenster der Geschäftshäuser wiesen mächtige Lücken zwischen den ausgestellten Waren auf oder waren auch ganz entleert. Es war nicht aufzuzählen, was alles zusammengetragen worden war, um noch einen Platz auf dem Tisch der Liebe auszufüllen. Am Nachmittag hatte es zu schneien begonnen. Immer dichter fielen die Flocken, Tausende, Millionen der hauchfeinen Kristallsternchen, ein wundersamer, unnachahmbarer Weihnachtsreigen. Nun lag die Stadt festlich geschmückt in weißem, unbeflecktem Weihnachtsgewand. Jeder Strauch, jeder Baum, jeder Gartenzaun hatte teil daran. Es war inzwischen dunkel geworden. Da und dort aber grüßten schon die ersten Weihnachtslichter hinter den Fensterscheiben hervor, während aus vereinzelten Häusern jubelnder Gesang der alten und doch ewig neuen Weihnachtslieder ertönte. Und nun setzte es ein und schallte wie ein Jubelchor von allen Kirchtürmen: Glockengeläut am Heiligen Abend. Gibt es etwas Weihevolleres? Es ist uns, als seien es Klänge aus einer anderen Welt, die wir da vernehmen. Oder ist es der Weihnachtsgedanke, die Botschaft der Heiligen Nacht, die sich geheimnisvoll mit den Glockenklängen verbindet, daß sie heute so eindrücklich zu uns sprechen? Christ ist erschienen, uns zu versühnen; freue dich, o Christenheit!

Auch im Rebenhäuschen hatte man einen Baum geschmückt, aber schon das Schmücken allein hatte wieder Ursache zur Verstimmung gegeben. Friedemann hatte gewünscht, weiße Lichter und Kugeln zu verwenden, während Lilli darauf bestand, den Baum mit bunten Kugeln und viel Zuckerwerk zu behängen.

„Es ist doch nicht Fastnacht", hatte er verärgert gesagt,

und sie hatte gereizt geantwortet: „Du hast ja überhaupt keinen Geschmack. Meinst du, der Junge findet Gefallen an deinen langweiligen, weißen Kugeln? Bei euch soll es immer feierlich zugehen, aber ich schmücke meinen Baum für mein Kind. Ich begreife eure Rückständigkeit überhaupt nicht. Kein vernünftiger Mensch nimmt heute noch Wachskerzen. Wozu hat man denn das elektrische Licht?"

„Ja ja", erwiderte Friedemann bitter, „ihr modernisiert jede Weihe und Poesie hinweg."

Die beiden lebten sich immer mehr auseinander. Die ständigen Meinungsverschiedenheiten brachten es mit sich, daß sie nur noch in gereiztem Ton miteinander sprachen.

Nun war es Heiliger Abend. Hans-Werner stand staunend vor seinem kleinen Tischchen, auf dem seine Geschenke aufgebaut waren. „Freust du dich, Herzkind?" fragte Frau Honeck, die den Heiligen Abend oben verlebte. Er nickte stumm und lehnte sich an die Großmutter. Diese sah das Kind befremdet an. Was war mit ihm? Er pflegte doch sonst seine Freude laut und lebhaft zu äußern. Friedemann und Lilli betrachteten ihre Geschenke. Sie waren beide von mancher Seite bedacht worden. Aus Leipzig, aus Danzig und Stargard waren Weihnachtsgrüße eingetroffen, und Frau Honeck hatte sich in besonderer Weise bemüht, beide zu erfreuen. Aber Geschenke allein machen ein Fest eben nicht aus. Frau Honeck suchte vergeblich nach einem Zeichen echter, ungetrübter Freude. Vielleicht kam es auch daher, weil man noch kein Weihnachtslied gesungen hatte. Ihr schien der Heilige Abend ohne ein solches unvollkommen. So machte sie den Vorschlag, gemeinsam zu singen. Unaufgefordert setzte sich Friedemann sogleich ans Harmonium. Er wollte seiner Mutter diese Bitte nicht abschlagen, aber sein Herz war nicht so dabei, wie es in früheren Jahren gewesen war. Die tiefe Bedeutung des Weihnachtsfestes war ihm bei seinem jetzigen inneren Zustand nicht mehr eine Quelle reiner Freude, sondern stand heute vor ihm wie eine ernste Anklage. Es wollte nicht klappen mit dem Weihnachtslied. Lilli hatte wieder einmal Kopfschmerzen, es war ihr nicht ums Singen. In früheren Zeiten hatte es im Rebenhäuschen keinen Heiligen Abend gegeben, wo man nicht unter dem strahlenden Christbaum das Weihnachtsevangelium gelesen hätte. Frau Honeck mochte es auch heute nicht missen. Sie reichte ihrem Sohn die Bibel und bat: „Lies uns doch bitte die Weihnachtsgeschichte vor!" Friedemann errötete. „Das ist dein Amt, Mutter." Frau Honecks Augen füllten sich mit Tränen, und ihre Stimme zitterte bedenklich, als sie las: „... Und es waren Hirten auf dem Felde, die hüteten des Nachts ihre Herde ..." Sie spürte es, daß diese Botschaft nicht Eingang fand in den Herzen, ja, daß sie abgelehnt wurde, aber sie las doch zu Ende. Nie aber war ihr Herz beim Lesen dieser freudebringenden Kunde so unsagbar schwer gewesen. Lilli hatte einige Male laut und vernehmlich gegähnt. Sie fand die ganze Art einer solchen Feier unsagbar langweilig. Wie anders war es da bei ihnen zu Hause gewesen. Ein mit vielen elektrischen Lichtern bunt geschmückter Baum, Heiterkeit und Frohsinn, vor allem ein reiches Festessen mit Wein und Sekt, und dann Tanz bis zum frühen Morgen. Und erst die Silvesternacht! Da war es stets hoch hergegangen. Das Haus voller Gäste in den elegantesten Garderoben, Stimmung und Humor, Gläserklirren, Pfänderspiele, Tanzmusik, Bleigießen und Kartenlegen, um den Schleier der Zukunft zu lüften, ha, das waren Stunden der Lust und des Frohsinns, aber hier? Es würde sein wie jedes Jahr, langweilig, eintönig, ein paar Spießbürger würden zum Essen kommen, und die Schwiegermutter würde sich sehr bemühen, dem Ganzen einen frommen Anstrich zu geben. Ach, wie sie diese grauenhafte Sentimentalität, die dieses ganze Haus umfing, haßte. Nein, sie wollte das Leben genießen, sie ließ sich nicht einsperren wie ein gefangenes Tier. Warum war sie überhaupt je hierhergekommen! In Leipzig hätte sie bestimmt noch andere Chancen gehabt. – So waren Lillis Festtagsgedanken an diesem Heiligen Abend. Kein Wunder, daß sie sich bald wieder in eine grenzenlose Unzufriedenheit hineingesteigert hatte und sich höchst unglücklich und vernachlässigt vorkam. Da war sie wieder, die schlechte Laune, die sich bedrückend auf alle Gemüter legte.

Friedemann hatte seinen kleinen Jungen auf den Arm genommen. Das Kind hatte noch immer still vor seinen Spielsachen gestanden. Unwillkürlich dachte Friedemann zurück an die Weihnachtsabende seiner Kindheit. Es war vielleicht nach außen hin bedeutend einfacher zugegangen, aber es schien ihm, als sei viel mehr Freude vorhanden gewesen. Wie kam das nur? Er empfand heute trotz Lichterglanz und Festgeschenken eine innere Leere. Und es kam ihm vor, als vermisse er selbst bei seinem kleinen Jungen die rechte Weihnachtsfreude. Das Herz tat ihm weh. Und nun fing Hans-Werner gar an zu weinen.

„Liebling, was ist dir?" fragte er besorgt, und auch Lilli sprang auf. „Herzchen, komm zu deiner Mama, komm, ich gebe dir auch etwas Gutes. Sieh, hier ist ein Marzipanschweinchen." Aber das Kind umklammerte weinend den Hals des Vaters. Auch Frau Honeck war besorgt aufgestanden.

„Mir kommt der Kleine heute sonderbar vor. Hoffentlich wird er uns nicht krank.“

„Ach wo“, antwortete Lilli in ihrer unfreundlichen Art, „er soll sich ein bißchen zusammennehmen. Komm, sag uns jetzt einmal dein Sprüchlein, das du im Kindergarten gelernt hast.“ Doch Hans-Werner wollte nicht. Lilli aber wollte es durchaus erzwingen. Als ihr Zureden nichts nützte, forderte sie es in strengem Ton, und jetzt fing sie gar an zu schimpfen.

Friedemann versuchte zu beschwichtigen. „Nun quäle ihn doch nicht, wenn er nicht will. Vielleicht fühlt er sich wirklich nicht wohl.“

Frau Honecks Auge ruhte noch immer auf dem Gesicht des Kleinen. Er kam ihr verändert vor. „Das Kind ist krank“, sagte sie sehr bestimmt. Lillis Stimmung aber ertrug jetzt absolut keinen Widerspruch. „Er ist trotzig“, behauptete sie und stellte das sich sträubende Kind gewaltsam auf die Erde. „Ich will jetzt, daß du dein Verschen sagst.“

Hans-Werner aber strebte weinend mit beiden Ärmchen zur Großmutter. „Großmutti, nicht aufsagen, nicht aufsagen.“

„Da sieht man's wieder“, empörte sich Lilli, „ich scheine überhaupt nichts mehr zu sagen zu haben. Das Kind wird der eigenen Mutter abspenstig gemacht. Das nennt sich nun Weihnachten!“ Tief gekränkt verließ sie das Zimmer und ging in die Küche. Frau Honeck nahm das fiebernde Kind und trug es in sein Bettchen. Friedemann aber blies ein Licht nach dem anderen aus. Für wen sollten sie brennen?

Er ging in sein Zimmer und griff nach der Zeitung, um sich in die neuesten Tagesnachrichten zu vertiefen. Es wollte ihm nicht gelingen. Sonst hatte sich Friedemann für alle

Ereignisse in Stadt und Land interessiert, heute aber tat es ihm beinahe weh. Er legte die Zeitung aus den Händen. Warum war in seinem Leben alles so schiefgegangen? Hatte er nicht auch einmal hoffnungsvoll und zielbewußt seine Laufbahn beschritten? Und hatte nicht auch er Aussichten gehabt? Gewiß, in seinem Berufsleben war er vorwärts gekommen. Er war längst die rechte Hand seines Chefs, der nichts mehr unternahm, ohne vorher mit ihm gesprochen zu haben. Aber war das alles? War es nicht von großer Wichtigkeit und Bedeutung, daß er von seinem häuslichen, von seinem Ehe- und Familienleben sagen konnte: „Es hat sich gelohnt! Ich habe nichts zu bereuen! Ich kann Fortschritte verzeichnen!" Aber mußte er sich nicht ehrlicherweise gestehen, daß er nicht erreicht hatte, was er erstrebt! Da, wo er meinte, das Glück bannen zu können, da herrschte Unfrieden und Uneinigkeit. Und wenn er sich vorstellte, daß das so weitergehen sollte, dann war es ihm, als packe ihn die Verzweiflung. „Ich lasse mich von dir scheiden", wie oft hatte Lilli ihm so in der Erregung eines Streites gedroht. Ihm selbst war heimlich der Gedanke mehr als einmal aufgestiegen. Ob Trennung nicht das beste war? War es nicht längst zwischen Lilli und ihm zu einem auf die Dauer unhaltbaren Zustand gekommen? Dann aber meinte er wieder die Achtung vor sich selbst verlieren zu müssen, wenn er sich scheiden ließe. Hatte er nicht seine Frau aus eigener, freier Wahl geheiratet? Ja, er hatte sie sich erzwungen, trotz aller Warnungen seiner Mutter, die weiter und recht gesehen hatte. Und nun, wo es nicht klappen wollte, scheiden? Nein, er mußte die selbstgewählte Last tragen. Aber gab es denn keinen Ausweg? Hatte er sich nicht vorgenommen, seine Frau zu führen, ihr zu helfen, und war er nicht seines Erfolges gewiß gewesen? Warum war es ihm denn nicht gelungen? Warum ging es ständig abwärts, anstatt aufwärts?

Friedemann Honeck, wo hast du deinen sonst so scharfen und klaren Blick? Solltest du nicht wissen, daß man niemand weiter bringen kann, als man selbst ist? Ist es nicht eine Anmaßung von dir, deine Frau führen zu wollen, wo du selbst die Hand dessen, der dich führen wollte, losgelassen hast? Denkst du nicht mehr an die Zeit deines Lebens, wo du dich entschlossen hast, nie einen anderen als seinen Weg zu gehen, ein Christ zu sein? — Friedemann Honeck, deine Seele hält Zwiesprache mit dir. Sie klagt dich an, du hast sie vernachlässigt. Du kannst nicht Bürger eines Reiches sein, ohne seine Bedingungen zu erfüllen. Auch das Reich Gottes fordert seine Rechte. Es nützt nichts, daß du dich gegen diese Erkenntnis sträubst, dein Gewissen wird auch nicht schweigen, wenn du jetzt wieder in der Unruhe deines Herzens davonläufst, an den Strand, an das Meer. Es wird dir keine Beruhigung bringen, es wird dir zurufen, daß du ein Schiffbrüchiger bist. Du wähntest dich stark und bist doch schwach.

Friedemann Honeck, der Heilige Abend ist vergangen, ohne dir die Freude der Weihnacht gebracht zu haben. Siehst du nicht das Licht der Heimat, den Leuchtturm am Strand?

„Friede auf Erden und den Menschen ein Wohlgefallen!"

Frau Honecks Befürchtung war eingetroffen. Hans-Werner war krank, sehr krank geworden. Am ersten Weihnachtsfeiertag lag er schon fieberheiß in seinem Bettchen und zeigte kein Interesse mehr an seinen schönen Weihnachtsgeschenken. Unruhig und oftmals kläglich weinend warf er sich hin und her. Der Arzt stellte Lungenentzündung fest und machte ein bedenkliches Gesicht. Zu all dem Dunklen, das über dem Rebenhäuschen lagerte, kam nun noch die Sorge um das Kind. Lilli war völlig ratlos. Eine namenlose Angst hatte sie ergriffen. „Es wird doch mit dem Kleinen nichts geschehen?"

Sie wich nicht von Hans-Werners Bette und konnte es nicht ertragen, daß irgend jemand außer ihr sich an der Pflege beteiligte. Sie hatte Mühe, ihre Eifersucht zu verbergen, wenn Hans-Werner nach der Großmutter rief. Als Frau Honeck sie fragte, ob sie Lilli nicht ein wenig ablösen sollte, hatte sie barsch geantwortet: „Hier ist mein Platz." Noch ahnte sie nicht, daß die Ereignisse der nächsten Tage imstande sein würden, ihren hartnäckigen Widerstand vollständig zu brechen.

Es ist etwas Schmerzliches, ein schwaches, hilfloses Kind mit der Gewalt einer schweren Krankheit kämpfen zu sehen. Hans-Werner, durchglüht von brennenden Fieberschauern, bäumte sich auf in seinem Bettchen, dann wieder lag er ermattet, leise wimmernd da. Seine sonst so klaren Augen schienen zu flehen: „Helft mir doch, o helft mir doch!"

Friedemann war während seiner Geschäftszeit mit seinen Gedanken ständig bei seinem kranken Kinde und konnte die Zeit nicht erwarten, bis er, von Angst und Sorge getrieben, nach Hause eilen konnte.

Dann fand er Lilli mit verweinten Augen am Bette des Kleinen sitzen. Schon jetzt schien die Angst sie milder gestimmt zu haben. „Friedemann, es geht noch immer nicht besser."

Der Arzt kam wiederholt und verhehlte den Eltern nicht, daß der Zustand ihres Kindes sehr besorgniserregend sei.

Frau Honeck aber ging mit bangem Herzen durchs Haus. „Auch das noch, o Gott? Sind wir noch nicht genug geschlagen?“ Und unwillkürlich fiel es ihr ein, wie sie vor Jahren, am Tage nach dem Begräbnis ihres Mannes, mit Friedemann an dessen Grab gestanden und ihr Junge sie gefragt hatte: „Mutter, warum läßt Gott das zu?“ Sie hatte ihm damals geantwortet, daß wir viele Ereignisse unseres Lebens erst in der Ewigkeit begreifen würden, daß aber nichts, was Gott zuläßt, sinnlos sei. Jetzt ertappte sie sich selbst bei dem Gedanken: O Gott, warum das? Konnte es in seinem Plan liegen, ihnen das Kind, die einzige Freude des Hauses zu nehmen? Gewiß, sie hatte ihn oft gebeten: „Greife ein, o Herr, schaffe auf irgendeine Weise eine Änderung.“ Aber so? Frau Honeck barg ihr Gesicht in beiden Händen und seufzte.

Wir Menschen meinen oft, Gott die Art seines Eingreifens vorschreiben zu können, und vergessen, daß er niemals in menschlicher oder irdischer Art vorgeht. Seine Wege und Gedanken decken sich nicht mit unseren Wünschen und Plänen.

Der 31. Dezember neigte sich dem Ende zu. In vielen Häusern wurden noch die letzten Vorbereitungen getroffen, das alte Jahr festlich zu beschließen. Im Rebenhäuschen dachte niemand daran, Feste zu feiern. Frau Honeck war in ihrem blauen Zimmer auf die Knie gesunken. Sie war lange im Krankenzimmer gewesen. Lilli hatte vollständig die Fassung verloren. Ihr lautes Weinen schreckte das Kind immer wieder aus seinem unruhigen Schlummer empor.

Frau Honeck selbst meinte den Schmerz nicht ertragen zu können. Sie betete.

Oben aber hatte der Todesengel bereits seine Schatten über den kleinen Kämpfer gebreitet. Seit einigen Stunden lag das Kind scheinbar besinnungslos da. Jetzt öffnete es die

Augen. Die kleinen Hände glitten unruhig auf der Decke hin und her, und plötzlich rief es in ängstlichem Ton: „Mama, Mama!"

Lilli beugte sich mit tränennassem Gesicht über ihn. „Liebling, hier ist die Mama."

„Erzähle, Christkindleingeschichte."

Hilflos sah Lilli Friedemann an. Das Kind drängte: „Erzähle!" und als die Mutter nicht gleich begann: „Dann singen, ja? Mama, singen. Breit aus die Flügel beide."

„Ich kann es doch nicht", flüsterte Lilli mit tränenerstickter Stimme, „Friedemann, du kannst es doch sicher."

Friedemann Honeck stand am Sterbebett seines Kindes, die Hände um die Gitterstäbe des Bettchens gekrampft, zitternd am ganzen Körper. Er sollte singen, während sein Kind starb? Gewiß, er kannte das Lied, es war ein Stück lebendiger Jugenderinnerung, Abend für Abend hatte es die Mutter mit ihm gesungen, aber jetzt? Nein, er konnte nicht. — Friedemann Honeck, siehst du nicht die flehenden Augen deines Kindes, spürst du nicht, wie sein kleines Herz, das bald aufhört zu schlagen, sich nach diesem Liede sehnt?

„Mama", flüsterte das Kind mit fast erlöschender Stimme, und aus seinen matten Augen sprach herbe Enttäuschung. „Nicht erzählen? Nicht singen? Mama, beten!"

Er faltete die kleinen Hände. Lilli begann zitternd: „Lieber Gott!" Dann stockte sie, sie wußte nicht weiter, sie konnte ja nicht beten. Und nun kam mit erschreckender Deutlichkeit die Gewißheit über sie, daß sie das Höchste, was eine Mutter ihrem Kinde zu geben hat, nicht besaß. Sie erzitterte vor dieser Armut derartig, daß sie sich kaum noch auf den Füßen halten konnte. „Beten!" flüsterte das sterbende Kind.

Lilli Honeck stand vor einem Abgrund. Sie war nicht imstande, die letzte Bitte ihres Kindes zu erfüllen.

Friedemann, warum betest du nicht? Hörst du nicht das Weinen deines Kindes? Bist du nicht fähig, dein Kind die letzte schwere Strecke Weges zu begleiten mit dem einzigen Trost, der in solcher Stunde standhält, bis zu dem Tor, das zur Ewigkeit führt?

Friedemann Honeck faltete die Hände, er bewegte die Lippen, aber es war ihm nicht möglich, auch nur ein einziges Wort hervorzubringen. Stöhnend sank er auf dem nächsten Stuhl nieder, den Kopf in die Hände vergraben. „Mein Gott, mein Gott, ich kann nicht!"

Plötzlich gellte ein verzweifelter Schrei durch das Haus. Die junge Frau hatte die Türe aufgerissen und stand nun im Treppenhaus. „Mutter! Mutter!"

Wie ein Hilfeschrei hallte es. Frau Honeck eilte aus ihrem Zimmer. So hatte Lilli noch nie gerufen. Das war Todesnot!

Totenbleich stand sie da.

„Mutter, er will, daß wir beten, und wir — wir — können nicht!"

„Großmutter", flüsterte das sterbende Kind, „beten, singen, Lichtlein sehen, viele, viele Lichtlein." Und er streckte verlangend die Arme aus.

„Ob er den Weihnachtsbaum sehen will?"

Mit zitternden Händen trugen sie das Bettchen hinüber ins Wohnzimmer, mit zitternden Händen entzündete Friedemann die Kerzen, die seit dem Heiligen Abend nicht mehr gebrannt hatten, für sein sterbendes Kind, das nun unverwandt hineinblickte in den Weihnachtsschein.

„Christkindlein", flüsterte es, und dann wieder: „Singen, beten!"

Irgendwo schlug es zwölf Uhr, irgendwo hörte man Gläserklirren, lautes Prositrufen und Schreien. Und nun setzten die Glocken ein. Silvester!

Im Rebenhäuschen aber sang Frau Honeck mit zitternder Stimme und blutendem Herzen, das sterbende Kind in ihren Armen. Tränen wollten ihre Stimme ersticken, aber sie hielt durch:

„Breit aus die Flügel beide, o Jesu, meine Freude,
und nimm dein Küchlein ein.
Will Satan mich verschlingen, so laß die Englein singen,
dies Kind soll unverletzet sein."

Friedemann hielt seine weinende Frau umschlungen. Auch über sein Gesicht liefen Tränen. Sie erzitterten beide vor der Majestät des Todes. Was war der Kampf des Lebens, das unnütze, kleinliche Sorgen um die vergänglichen Dinge, der gehässige Streit vergangener Tage gegen diese Gewalt? Ihr Kind starb!

Sie fühlten es beide, ein Sich-zur-Wehr-Setzen, ein Sichsträuben war so zwecklos, Gottes gewaltige Hand lag auf ihnen, er hatte ihnen das Kind anvertraut, er nahm es ihnen wieder. Hatte Lilli nicht in der Stunde von Hans-Werners Geburt die Heiligkeit dieser Gabe Gottes empfunden? Nun, da er sie zurückforderte, war es ihr, als riefe er anklagend ihren Namen. Es war heute nicht das erstemal, daß Gott ihr und sie ihm begegnete, nie aber hatte sie sein Werben verstanden. Jetzt erzitterte sie vor ihm!

Heilige Augenblicke im Vorraum der Ewigkeit.

„Dies Kind soll unverletzet sein."

„Es wird ein Schwert durch deine Seele dringen." Sie fühlten es alle in diesem Augenblick, daß dieses ein heilsamer Schmerz war, von Gott gesandt.

Als die letzten Glockenklänge verhallten, legte Frau Honeck ihr Enkelkind in sein Bettchen zurück und drückte ihm die Augen zu. Hans-Werner war tot.

Lilli aber entwand sich den Armen ihres Mannes.

„Mutter!" Am Totenbett ihres Kindes fand sie den Weg zum Herzen der Mutter ihres Mannes, der sich längst nach dieser inneren Verbindung gesehnt hatte.

„Mutter, vergib mir, vergib mir!" schluchzte Lilli, „und hilf mir, anders zu werden."

Friedemann aber war leise hinausgegangen. In seinem Zimmer schloß er sich ein. Und auch er sank auf die Knie. Seit langer Zeit und unter heißen Tränen konnte Friedemann wieder beten. „Du bist mir zu stark geworden, o Gott!" Heilige Augenblicke in der Gegenwart Gottes. Worte sind zu arm, um solche Begegnung zu schildern.

Friedemann Honeck hatte heimgefunden. In der furchtbarsten Nacht seines Lebens hatte er das Licht der Heimat, des Leuchtturms, erkannt.

Im letzten Schein der verglimmenden Kerzen aber beugten sich die beiden Frauen vor Gott, Lilli vielleicht zum erstenmal in ihrem Leben. Und wenn auch ihr Herz fast brechen wollte, weil sie das Liebste hatte hergeben müssen, so ahnte sie doch, daß diese durchlebten Ewigkeitsmomente für sie der Anfang zu einem neuen Leben waren.

Und diesmal handelte es sich nicht um eine gefühlvolle Stimmung, sondern eine wirkliche Veränderung war zustande gekommen. Ein kleines Grab auf stillem Gottesacker kann eine gar eindringliche Predigt halten. Nun hatte Hans-Werner auch sein Plätzchen da draußen, wo Frau Honeck schon einige Gräber zu pflegen hatte. Eine stille, einfache Beerdigung war es gewesen. Lillis Eltern und einige Freunde des Hauses waren mit den Eltern dem kleinen Sarg gefolgt. Herr und Frau Schnaider waren einige Tage in Kolberg geblieben. Letztere hatte immer wieder erregt die Möglichkeit erwogen, daß ein berühmter Kinderarzt in Leipzig den Kleinen vielleicht doch noch hätte retten können. Sie war so laut gewesen, daß alle aufatmeten, als sie wieder abreiste.

Und nun war es wieder still geworden im Rebenhäuschen, traurig still, wie es eben an einem Ort ist, wo kurz vorher noch helles Kinderlachen erklang, wo flinke Füßchen umhersprangen und sich Kinderärmchen liebevoll ausstreckten. Sie spürten es alle, daß eine große Lücke entstanden war, und doch schien über allem ein heiliges Geheimnis zu liegen. Nicht daß von diesem ernsten, unvergeßlichen Silvesterabend an mit einem Schlage alles verändert gewesen wäre. Es hieß für jeden einzelnen jetzt erst recht zu kämpfen und zu ringen, aber es war doch die ergreifende Sterbestunde Hans-Werners gewesen, die über alle die große Erkenntnis gebracht hatte: so kann es nicht weitergehen. Und gleichzeitig spürten sie es auch, daß keines von ihnen imstande sein würde, aus eigener Kraft einen neuen Weg einzuschlagen. Ein starkes Abhängigkeitsgefühl Gott gegenüber kam über sie und weckte in ihnen den Wunsch, Versäumtes nachzuholen, Verfehltes gutzumachen.

Friedemann hatte gleich am nächsten Morgen nach seines Kindes Tod die Bibel genommen und nach einem kurzen, mutigen Bekenntnis, in dem er sich anklagte, in vergangenen Tagen seine Pflicht vernachlässigt und zuwenig für ihrer aller Seelen getan zu haben, eine Andacht gelesen. Danach hatte er schlicht und einfach, aber in ergreifender Weise gebetet, Gott möge ihnen allen vergeben und ihnen helfen, ein neues Leben zu beginnen. Nach dieser Andacht hatte Lilli ihm die Hand gereicht und, während Tränen über ihre Wangen rannen, gebeten: „Friedemann, vergib auch mir, und habe Geduld, ich weiß, es muß jetzt anders werden.“ Da hatte er sie bewegt in die Arme geschlossen. „Lilli, Gott hat uns erst dieses Leid schicken müssen, damit wir uns zurechtfinden. Auch ich habe Schuld auf mich geladen und bitte dich, mir zu verzeihen. Wir alle können nicht mit unserer eigenen Kraft rechnen, aber Gott wird unser Wollen ansehen und uns helfen. Mit gläubigem Vertrauen ergreifen wir seine ausgestreckte Hand.“

Hand in Hand standen sie beide dann am Grabe ihres Kindes. Ihre Herzen bluteten, das Weh schien sie zerreißen zu wollen, aber der Tod hatte nicht nur Trennung und Herzeleid verursacht, sondern auch eine Brücke geschlagen von Herz zu Herz. „Wir wollen unseren kleinen Liebling einmal wiedersehen“, sagte Friedemann und führte Lilli seiner Mutter zu. Frau Honeck wußte, nun war Gottes Zeit gekommen, die Stunde des sich gegenseitigen Findens, auf die sie so lange gewartet hatte, war da. Sie hätte am liebsten mit keinem Wort daran gerührt, es genügte ihr zu spüren, daß jetzt die schreckliche Kluft überbrückt war, aber Lilli hatte das Bedürfnis, über all dieses zu reden. Sie hatte das aufrichtige Verlangen, gutzumachen, zu ordnen. So saß sie bei der Mutter im blauen Zimmer, und alles, was sich in den hinter ihr liegenden Jahren in ihrem Herzen aufgehäuft hatte, mußte heraus. „Mutter, ich wußte immer, daß du es gut mit mir meintest, aber in mir war ein Widerspruch, ein innerer Zwang zur Auflehnung, so daß ich einfach nicht anders konnte als gehässig zu sein. Ich war oft selbst unglücklich dabei. Heute glaube ich an das, was du einmal sagtest: daß es finstere Mächte gibt, die die Menschen quälen und beeinflussen. O Mutter, es will mir Angst werden, wenn ich daran denke. Ich weiß nicht, ob ich die Kraft haben werde, in Zukunft immer das Rechte zu tun."

„Du nicht", antwortete Frau Honeck, „aber der Herr Jesus Christus hat die Kraft, und er bietet sie dir an, du brauchst sie nur zu nehmen. Vertraue auf ihn! Er läßt dich nicht zuschanden werden!"

„Noch eins, Mutter, es wird mir furchtbar schwer, das zu sagen, ich fühle aber, du solltest es wissen. Ich habe Eva Maria ein großes Leid zugefügt. Ich glaube, ich weiß, warum sie von uns gegangen ist." Und nun erzählte sie von ihrem häßlichen Mißtrauen und von ihrem Ausspruch an jenem Abend. „Heute weiß ich, daß ich nie Grund zur Eifersucht hatte. O Mutter, wird mir Eva Maria verzeihen können?" Und nun weinte sie bitterlich. „Ich weiß, wie sehr sie dich liebt und daß ihr das Rebenhäuschen Heimat geworden ist, und ich habe sie daraus verdrängt, wissentlich und vorsätzlich. Mutter, meinst du, daß noch einmal alles gut werden, daß sie mir vergeben kann?"

Frau Honeck schwieg eine Weile. Sie war tief ergriffen. Fast zu viel stürmte auf sie ein. Dann aber fühlte sie wieder ganz deutlich: es ist Gottes Stunde. Und sie faßte die Hände ihrer Schwiegertochter und sagte: „Ja, Lilli, es wird alles, alles gut werden. Du hast versucht, Ordnung in deinem Inneren zu schaffen, und nicht umsonst heißt es in Gottes Wort: Den Aufrichtigen läßt es Gott gelingen. Und so wie ich Eva Maria kenne, wird sie dir gerne die Schwesterhand reichen."

„Ich will ihr sofort schreiben", sagte Lilli und ging entschlossen, um ihren Plan durchzuführen. Tränen fielen auf das Papier, als sie schrieb:

Liebe Eva Maria!

Du hast das Telegramm vom Tode unseres Lieblings erhalten. Noch fassen wir es nicht, daß Hans-Werner nicht mehr da ist. Ich meine, ihn immer rufen zu müssen, und mein Herz schreit nach ihm. Ach, könnte ich ihn nur noch eine ganz kurze Zeit haben. Wie ganz anders würde ich mit ihm umgehen. Nie sollte er mich ungeduldig und lieblos sehen, nie ein unfreundliches Wort von seiner Mutter hören, aber es ist vorbei! Eva Maria, der Tod meines Kindes hat mein Herz gebrochen, aber auch meinen Stolz, meine Hartherzigkeit. Oh, daß das Kind erst sterben mußte, damit ich zur Erkenntnis kam, es ist fast nicht zu ertragen. Ich fühle, daß ich mein Leben ordnen muß. Vor allem muß ich Dich bitten, mir zu vergeben. Mir ist, als habest Du meine lieblosen Worte an jenem Abend im Gartenhäuschen gehört. Eva Maria, kannst Du mir verzeihen? Ich weiß, ich habe Dir bitter Unrecht getan, und Du hast ein Recht, Dich von mir zu wenden. Aber ich kann keinen Schritt auf diesem neuen Weg gehen, wenn ich nicht vorher alles in Ordnung bringe, was sich in der Vergangenheit an Unrecht aufgehäuft hat. Ich will meinen Liebling, den Gott mir nahm, einmal wiedersehen. Darum will ich alles tun, um den rechten Weg nicht zu verfehlen. Hilf auch Du dazu

Deiner traurigen Lilli.

Eva Maria war ziemlich heftig an Grippe erkrankt. Sie konnte daher nicht an Hans-Werners Beerdigung teilnehmen. Von ihrem Krankenbett aus aber schrieb sie gleich an Lilli:

Meine liebe Schwester!

Laß mich Dich so nennen. Dein Brief zeigt mir, daß unsere Herzen zueinander hingefunden haben. Du und auch Friedemann, Ihr seid durch die dunkelsten Täler des Leides geführt worden. Ich fasse es nicht, daß unser Kind, unser kleiner Sonnenschein, nicht mehr da sein soll, und das Herz tut mir weh, wenn ich daran denke, daß ich ihn nicht mehr sehen durfte, als Ihr ihn in sein letztes Bettlein gelegt hattet. Der einzige Trost in diesem Schmerz ist, daß er nun dort sein darf, wo die Sonne ewig scheint, und wo Leid und Trauer unbekannt sind. Beim Christkindlein, das er so sehr geliebt hat. Ja, Lilli, wir werden ihn wiedersehen. Ich freue mich darauf, ihn und meine Eltern, die Gott ja auch längst zu sich gerufen hat, dort zu treffen. Ach, was ist der Kampf des Lebens im Vergleich zu dieser herrlichen Gewißheit, und das ist auch der Grund, daß ich Dir von Herzen sagen kann: ich trage Dir die alte Sache nicht mehr nach. Es ist alles vergeben und vergessen, und ich habe Dich herzlich lieb.

Deine Eva Maria.

Wie froh war Lilli über diesen Brief. Nun war alles in Ordnung. An ihre Eltern hatte sie auch einen langen Brief geschrieben und ihnen mitgeteilt, daß sie eingesehen habe, wie verkehrt es sei, nur für das Vergängliche zu leben und daß sie am Sterbebett ihres Kindes erkannt habe, daß ihr das Wichtigste fehle: Verbindung mit Gott. Nun sei es ihre Lebensaufgabe, das nachzuholen.

In Leipzig war man sich darüber klar, daß der plötzliche Tod Hans-Werners eine Gemütserkrankung bei Lilli hervorgerufen haben müsse. „Das arme Kind", jammerte Frau

Schnaider, „in dem hinterpommerischen Winkel Kolberg hat sie auch keine Ablenkung. Hier bei uns würde sie schon auf andere Gedanken kommen.“ Und sie lud Lilli ein, für einige Wochen nach Leipzig zu kommen, um sich zu erholen. Lilli aber zog es vor, im Rebenhäuschen zu bleiben. Sie sehnte sich jetzt nicht nach dem lauten Betrieb ihres Elternhauses, sondern empfand die Stille wohltuend und lindernd. Dazu war es ihr, als sei sie auf dem neubeschrittenen Wege noch viel zu jung und unerfahren. Sie fürchtete den starken Einfluß ihrer eigenen Leute. Ihr liebster Gang war der Weg zu dem kleinen Grab ihres Kindes. Wie oft ging sie jetzt Arm in Arm mit ihrer Schwiegermutter über den stillen Gottesacker. Auf solchen Wegen war ihr Herz so zugänglich und empfänglich für manches Samenkorn, das Frau Honeck, ohne aufdringlich zu sein, aus dem reichen Schatz ihrer Erfahrung in ihre Seele streute. Dieser innige Gedankenaustausch war für beide Frauen wertvoll.

„O Mutter, wie viel Schweres hast du in deinem Leben durchmachen müssen“, sagte Lilli oft, wenn sie an den Gräbern standen. „Und wie mutig hast du alles getragen!“

Wenn Friedemann jetzt des Abends nach Hause kam, dann war es Lilli, die ihm freudig entgegeneilte: „Heute habe ich wieder einen schönen Weg mit Mutter gemacht.“

Das war Friedemann wie ein Gruß aus alter Zeit. Er erinnerte sich so mancher schönen Wege, die er mit seiner Mutter gegangen war.

Eine neue Zeit war im Rebenhäuschen angebrochen. Wohl gab es auch jetzt noch Augenblicke, wo es besonders Lilli schwerfiel, ihre Wesensart zu meistern, aber der Wille zum Guten war da, und das Licht brach sich mehr und mehr Bahn. Man besuchte gemeinsam das Gotteshaus. Man pflegte die täglichen Andachten, und da fehlte der göttliche Segen nicht.

Jetzt standen Lilli und Friedemann oft gemeinsam am Strand und erlebten miteinander die Größe des erhabenen Schöpfungswerkes Gottes. Als sie eines Tages wieder hinausblickten in die Unendlichkeit des Meeres, da fragte Lilli schüchtern: „Wie war das doch noch, Friedemann, was du heute morgen in der Andacht aus der Bibel vorlasest?"

Er überlegte einen Augenblick, dann antwortete er: „Er wird sich unserer wieder erbarmen, unsere Missetat dämpfen und alle unsere Sünden in die Tiefen des Meeres werfen."

„Wie groß ist das!" sagte Lilli, „wenn ich hier stehe, scheint es mir begreiflicher. Glaubst du, Friedemann, daß Gott meiner Schuld nicht mehr gedenkt?"

„Alle unsere Sünden", wiederholte Friedemann, „da sind auch deine und meine eingeschlossen."

*

„Nr. 2386, Sie bekommen Besuch. Es ist Ihnen ausnahmsweise gestattet, mit diesem für zehn Minuten zu sprechen." Der Gefängnisaufseher stand vor der geöffneten Zellentüre und warf dem Gefangenen keinen allzu freundlichen Blick zu. „Nun kommen Sie schon. Vorwärts! Ich habe keine Lust, mich um Ihretwillen zu erkälten."

Rolf Schmutzer erhob sich zögernd. Mitten in der altgewohnten Bewegung, seine Haare zurückzustreichen, hielt er inne und ließ die Hand sinken, sein Kopf war ja glattrasiert. Er trug die blau und weiß gestreifte Sträflingskleidung, auf deren Rückenteil seine Nummer deutlich zu lesen war. Fast befremdet folgte er dem Aufseher. — Wer wollte ihn besuchen? Weihnachten war vergangen und ebenso Neujahr, es war keine andere Nachricht zu ihm gedrungen, als daß sein Vater, dieser Unglückselige, sich erhängt hatte. Und nun saß die Mutter mit seiner jungen Frau in der kümmerlichen Wohnung, wahrscheinlich hungernd und frierend. Ob sein Kind, diese kleine Elendsgestalt, wohl noch lebte? Schon damals, bevor er hier eingeliefert wurde, sah es aus, als wolle dies jammervolle Lichtlein verlöschen. — Irgend etwas würgte ihn im Hals. Es war ja doch sein Kind, sein eigen Fleisch und Blut. Was aus dem anderen geworden war, darum hatte er sich nicht gekümmert. Das Mädchen hatte ihn dann ja auch verklagt, weil er nicht für den Jungen sorgte. Aber er hatte sich mit einer Handbewegung darüber hinweggesetzt. Ob sein Schuldkonto um etwas mehr oder weniger belastet war, was kümmerte es ihn? — Aber nun hatte er viel Zeit, unheimlich viel Zeit, und unheimlich waren die Stunden, da er in finsterem Grübeln in seiner Zelle saß und es ihm war, als sei er von einem Wurm angebohrt. Dieses stumme Nagen hörte nie auf, Tag und Nacht war es da. Und allerlei Bilder aus der Vergangenheit, nein, eigentlich sein ganzes Leben stand vor ihm auf, zog in plastischen Bildern an ihm vorüber. War da nicht einmal ein kleiner Junge gewesen, der neben ihm gestanden hatte, voller Mitleid und Erbarmen, als er im Kindergarten seines Ungehorsams wegen von den anderen ausgeschlossen und wie verfemt an der Wand stehen mußte! Er meinte noch die kleine Hand in der seinen zu fühlen, und hörte die Stimme des anderen, der ihn nach Haus geführt und zu seiner Mutter gesagt hatte: er soll jetzt mein Bruder sein!

Und er meinte noch die entsetzten Augen seines Freundes zu sehen, damals, als er die Fische gestohlen hatte: „Man darf doch nicht stehlen!" Und er fühlte noch heute den Stoß vor seiner Brust und hörte Friedemann voller Abscheu rufen: „Du Schuft!", als er in Lüsternheit ihm Winke und Ratschläge über ein von ihm gepriesenes Leben geben wollte. Ach, wie lange war das alles her und wieviel lag in der Zwischenzeit, und wahrlich, nicht viel Rühmliches war von seiner Seite aus geschehen. — Rolf Schmutzer warf den Kopf, über sich selbst verärgert, in den Nacken. Was kamen ihn für Anwandlungen an? Und was man auf so einem langen Gefängnisgang alles denken konnte!

Nun öffnete der Wärter eine Türe. Sie traten in den Besuchsraum. Hinter einer Schranke stand Friedemann Honeck im schwarzen Anzug. Fast lauernd blickte Schmutzer ihm aus zusammengekniffenen Augen entgegen. Merkwürdig, daß gerade er, an den er soeben so stark denken mußte, vor ihm stand.

Friedemann reichte ihm die Hand. „Rolf, ich bin gekommen, dir zu sagen, daß es mir leid tut, daß ich mich so wenig um dich gekümmert habe. Ich will das gutmachen, auch wenn deine Strafzeit um ist. Sage mir, ob ich etwas für dich tun kann."

Schmutzer schwieg. Er brachte kein Wort hervor. Der danebenstehende Aufseher blickte bereits auf die Armbanduhr. „Noch sechseinhalb Minuten."

„Rolf", begann Friedemann wieder, und seine Stimme zitterte. „Unser kleiner Sohn ist gestorben, am Silvesterabend. Es war für meine Frau furchtbar, aber es war unsere Lebenswende. Ich bin nun nicht gekommen, dir vorzupredigen, das würde dir wenig nützen. Aber du sollst wissen, ich bin für dich da, jetzt, und wenn du mich brauchst, irgendwann, immer. Und wenn ich mich über dich erhoben habe in Selbstgerechtigkeit und Dünkel, so verzeih mir. Ich mußte kommen und dir dieses sagen."

Wieder blickte der Aufseher nach seiner Uhr. Noch immer sprach Rolf kein Wort.

Friedemann fuhr fort: „Ich will mich auch um deine Frau und um dein Töchterchen kümmern. Sie sollen nicht hungern müssen, und meine Mutter soll nach deiner Mutter sehen. Vielleicht kann sie etwas für sie tun." — Nun schwieg auch er.

Jetzt aber erschütterte ein krampfhaft zurückgedrängtes Schluchzen die Brust des Gefangenen. Tränen stürzten aus seinen Augen, und nur mühsam brachte er hervor: „Ja, kümmere dich um mein armes Kind."

Der Wärter räusperte sich. „Die Besuchszeit ist zu Ende."

Über die Schranke hinweg reichten die beiden Männer sich die Hände. Dann wurde Schmutzer wieder abgeführt. In seiner Zelle ließ er sich auf die Pritsche fallen und schlug die Hände stöhnend vor sein Gesicht.

*

Eva Maria war nun längst mit ihrer neuen Aufgabe vollständig vertraut. Die Tätigkeit ihres Bruders war eine so vielseitige, daß sie auch ihre Zeit vollständig ausfüllte.

Im Hause des Direktors Brotmüller ging sie ein und aus. Der kleine Peter war längst gesund, aber nun kam Eva Maria nicht mehr nur im Auftrage des Herrn Doktors Seeborg, sondern war ein gern gesehener Gast, eine Freundin des Hauses geworden. Frau Brotmüller verfolgte mit regem Interesse den Weg des jungen Arztes und fand Gefallen an den beiden Geschwistern Seeborg, die so tatkräftig und mutig ihren Weg gingen. Als sie hörte, daß sie keine Eltern mehr hatten, lud sie beide ein, ihr Haus als ein Stücklein Heimat zu betrachten. Kurt Seeborg konnte nur ganz selten von dieser freundlichen Einladung Gebrauch machen, aber wenn er doch einmal ein Stündchen Zeit fand, so waren ihm die Stunden im Kreise dieser feinen Menschen ein Genuß. Eva Maria hatte in Henny Großmann eine treue Freundin gefunden. Da war so viel Seelenverwandtes, was die beiden Mädchen miteinander verband, daß jedes Zusammenkommen für beide eine Bereicherung bedeutete. Ganz besonders hingen die Kinder an Eva Maria. Niemand konnte so schön singen und niemand wußte so herrliche Geschichten zu erzählen wie sie.

„Ihr müßt die Tante Eva nicht immer so quälen", ermahnte Henny Großmann oft die Kinder. „Sie hat gewiß schon wieder einen trockenen Hals von allem Erzählen. Jetzt wollen wir alle zusammen Kaffee trinken. Nachher kommt ja auch der Herr Doktor, wenn er seine Krankenbesuche erledigt hat."

„Hurra, der Herr Doktor! Heute darf aber ich neben ihm sitzen!"

„Nein ich, nein ich!"

Bald saßen alle gemütlich in dem großen, hellen Zimmer um den Kaffeetisch herum. Es dauerte auch gar nicht lange, so kam Kurt Seeborg und wurde von den Kindern mit Hallo begrüßt.

„Bruder Doktor", fragte Peter, „was machen deine Kranken? Geht es ihnen denn immer noch nicht besser? Die sollen doch mal schnell gesund werden, damit du mehr Zeit hast."

„Du erzählst uns doch nachher eine Geschichte", bettelte Rolf.

„Aber Kinder", tadelte die Mutter, „es ist ganz schlimm mit euch, laßt doch den Herrn Doktor erst einmal ein wenig zu Atem kommen und in Ruhe seinen Kaffee trinken. Der arme Mann wird noch zusammenbrechen vor lauter Überanstrengung. Fräulein Henny, gießen Sie ihm noch einmal Kaffee ein, ja? So, hier sind Brötchen, Butter, Honig, nun lassen Sie es sich recht schmecken."

„Vielen Dank, Frau Direktor!" Den Kindern aber zwinkerte er zu: „Seid nur still, ich erzähle euch auch eine Geschichte. Was wollt ihr denn hören?"

„Wie du dir immer deine Strümpfe nicht stopfen konntest und beinahe Vogelfutter essen mußtest, weil du nichts im Küchenschrank hattest."

„Ja, und dann kam die gute Tante Eva und hat dich gefüttert!" ergänzte Peterlein die Geschichte. Nun gab es ein großes Gelächter, weil alle versuchten, sich vorzustellen, wie die Tante Eva den Onkel Doktor gefüttert hat. Auch Kurt Seeborg lachte. Dann aber erzählte er, wie froh er sei, daß sein Schwesterlein gekommen sei, um seinen Haushalt zu führen, und wie seine Patienten nicht geglaubt hätten, daß Eva Maria seine Schwester sei, sondern ihn selbst davon überzeugen wollten, daß er sich mit ihr verlobt habe. Er schilderte die drollige Begebenheit im Wartezimmer und sein Versprechen, seine Patienten früh genug davon zu unterrichten, wenn er sich zu verloben gedenke.

„Ich finde es rührend", sagte Frau Brotmüller, „welch ein nettes Verhältnis zwischen Ihnen und Ihren Patienten besteht. Ich glaube tatsächlich, daß das Vertrauen zu der Person des Arztes ungemein viel zur Genesung und Besserung der Kranken beiträgt."

„Wenigstens in vielen Fällen."

„Es ist doch etwas Großes, Menschen helfen zu können, ganz gleich ob sie nun in körperlicher, pekuniärer oder seelischer Not sind."

„Es ist unbedingt das Größte." Kurt Seeborgs Augen leuchteten. Er liebte seinen Beruf. Plötzlich aber sprang er auf. „Da sitze ich nun in aller Gemütsruhe und spreche wie ein Gelehrter von der Größe meiner Aufgabe, dabei versäume ich die nächstliegenden Pflichten. Ich muß unbedingt noch einen Krankenbesuch machen."

Die Kinder wollten protestieren. „Und die Geschichte?"

„Ich habe doch die ganze Zeit erzählt!" lachte der Arzt.

„Och, nur für die Großen!"

„Na kommt", tröstete Tante Eva, „ich erzähle euch noch etwas, bevor ich nach Hause gehe."

„Du gehst doch noch nicht so bald?" fragte Lore, besorgt, daß die versprochene Geschichte nicht die nötige Ausdehnung haben könnte.

„Erst wenn ich dem Onkel Doktor das Abendessen vorbereiten muß."

„Na, dann fang mal an mit der Geschichte", drängte Peter, „bevor das Füttern wieder losgeht."

„Ich möchte dann auch noch gerne etwas von Tante Eva haben", erinnerte Henny Großmann und legte den Arm um die Freundin. „Es scheint mir bald, als habe ich überhaupt kein Recht mehr auf sie."

„Sie gehört auch zuerst uns", behaupteten die Kinder, „wir haben zuallererst mit ihr gesprochen, als wir damals zusammen im Zug fuhren."

„Jawohl, ich!" betonte Peter, der sich noch sehr gut der Reise erinnerte. „Ja du, mein kleiner Schatz", bestätigte Eva und zog Peter an sich, „du hast die Brücke geschlagen."

Stets waren es frohe und ermunternde Stunden, die die Geschwister Seeborg im Direktorhause zubrachten.

Von Kolberg kamen gute Nachrichten. Die Harmonie im Rebenhäuschen hielt stand. Frau Honeck ließ manchmal durchblicken, daß ihr Gesundheitszustand ihr oft ein wenig Sorgen bereite, besonders wenn sie an die kommende Saison mit der vermehrten Arbeit denke. Dann kam es immer wie ein Schuldgefühl über Eva Maria, und die schwerwiegende Frage beunruhigte wieder ihr Herz: „Wo ist mein Platz?"

Sie sprach mit Henny Großmann darüber. „Es ist schwer, dir in dieser Angelegenheit einen Rat zu geben", antwortete diese. „Auf der einen Seite verstehe ich, daß es dich zu deiner Pflegemutter zieht, die dir Heimat und Liebe bot, auf der anderen Seite aber scheint es mir auch notwendig, daß du bei deinem Bruder bleibst, der so sehr auf deine Hilfe angewiesen ist. Frage dein Herz, Eva Maria, oder noch besser, frage Gott. Er wird dir auch in diesem Falle die richtige Antwort geben. Man muß nur warten können."

Nun war Eva Maria schon im zweiten Jahr in Stargard. Eines Tages erhielt sie einen Brief aus Kolberg. Schon auf dem Briefumschlag erkannte sie die Handschrift Friedemanns. Sie erschrak. Es würde doch nichts passiert sein. Gewöhnlich hatte Friedemann nur einen kurzen Gruß beigefügt. Heute schrieb er ihr einen Brief? Sie erbrach das Kuvert und las:

Kolberg, 5. Mai 1934

Liebe Eva Maria!

Du wirst Dich wundern, einen Brief von mir zu erhalten. Mein Schreiben hat aber auch einen besonderen Grund. Fast wage ich nicht damit herauszurücken. Du hast uns von

Deinem Arbeitsfeld in Stargard in so munterer Weise geschrieben, daß wir alle den Eindruck haben, daß Du Dich dort recht wohl fühlst und Deinem Bruder längst unentbehrlich geworden bist. Ganz sicher aber denkst Du doch noch hin und wieder ans Rebenhäuschen und ab und zu vielleicht auch an seine Bewohner zurück. Und nun will ich nicht lange um die Sache herumgehen. Eva Maria, kannst Du nicht wieder zu uns kommen? Erschrick nicht bei dieser Aufforderung. Ich weiß, daß es Zeiten gab, wo die Atmosphäre unseres Hauses so bedrückend war, daß es beinahe unerträglich schien, jetzt aber ist es anders geworden. Gott sei gedankt dafür. Wir brauchen Dich so nötig, Eva. Mutter ist lange nicht mehr so rüstig wie zu der Zeit, da Du noch bei uns warst. Sie klagt nicht, aber es ist mir, als schicke sie manchen heimlichen Seufzer nach Stargard. Der Tod unseres Bübleins hat auch sie, wie uns alle, sehr mitgenommen. Dann ist noch eine andere Sache, die ich Dir mit großer Freude mitteile. Lilli erwartet bis zum Herbst wieder ein Kind. Kannst Du Dir unsere Freude denken? Hans-Werners leerer Platz soll ausgefüllt werden! Unser Dank Gott gegenüber ist unnennbar. Nun ist es aber so: wie Du weißt, hat Lilli schon seit langem eine schwache Lunge, ich bin in rechter Sorge um sie. Nach Hans-Werners Sterben hat sie sich noch immer nicht erholt. Verstehst Du, Eva Maria, wenn ich Dir sage, wir brauchen Dich. Ich weiß ja nun nicht, wie sich Dein Bruder, mein lieber Freund Kurt, dazu stellen wird, wenn ich ihm seine kleine Schwester entführen will, aber schließlich ist sie ja auch meine Schwester, nicht wahr? Ich habe Mutter und Lilli nichts davon gesagt, daß ich Dir schreiben will. Ich möchte erst einmal Deine Meinung hören. Bevor Du mir keine Zusage schickst, will ich ihnen keine

Hoffnung machen, sonst sind sie bei einer etwaigen Absage (mit der ich aber nicht rechne) zu sehr enttäuscht. Also Schwesterlein, die Rebenhausbewohner brauchen Dich. Nicht wahr, Du kommst!

Laß mich nicht zu lange auf Deine Zusage warten und sei vielmals und herzlich gegrüßt von Deinem Friedemann.

*

Eva Maria ließ den Brief in ihren Schoß sinken. Sie mußte die Hände falten.

Die Heimat rief.

Nun durfte sie wieder in ihre alte Heimat! Man rief sie, man brauchte sie! Was hatte Henny Großmann gesagt? „Man muß nur warten können!" Wie würde sie sich mit ihr freuen. Plötzlich aber dachte sie an Kurt. Ja, was würde der Bruder sagen? War es recht, ihn jetzt zu verlassen? — Da kam er gerade. In seiner fröhlichen Art betrat er das Zimmer.

„Na, Eva, gute Nachrichten? Wer schreibt denn? Aber du siehst ja wahrhaftig aus, als habest du geweint. Was ist denn los?"

Statt aller Antwort reichte sie ihm den Brief.

Aufmerksam las er ihn durch. „Das sind ja nette Geschichten."

Eva Maria blickte ängstlich fragend zu ihm empor.

„Und was gedenkst du zu tun?"

Sie errötete. „Ich würde schon gerne gehen, aber — was wird aus dir?"

„So so", erwiderte er in erzwungenem, ernstem Ton, „liegt mein Wohl dir doch noch ein wenig am Herzen?"

„Aber Kurt!"

„Nun beruhige dich, Schwesterlein, es wird sich schon ein Ausweg finden. Ich muß mich dann eben noch ein wenig früher verheiraten."

„Ver–hei–ra–ten?" Eva Maria sah ihren Bruder fassungslos an. „Was machst du für Scherze?"

„Keine Scherze, mein Kind, ich habe mich tatsächlich heute verlobt."

„Heute? Kurt, mit wem denn?"

„Mit meiner Braut natürlich."

„Aber Kurt, so sag mir doch, wer ist es denn? Kenne ich sie?"

„Natürlich kennst du sie", lachte Kurt Seeborg.

Eva Maria dachte ein Weilchen nach. Dann leuchteten plötzlich ihre Augen, ihr Gesicht war wie mit Glut übergossen, sie warf ihre Arme um den Hals des Bruders: „Kurt, ist es Henny, meine Henny?"

„Natürlich, du Dummerchen, wer denn sonst?"

Eva Maria war außer sich vor Freude. „Aber davon habe ich ja gar nichts gemerkt, und wann wird die Verlobung gefeiert, und wann ist Hochzeit? Kurt, du und Henny, ihr beiden lieben, lieben Menschen!"

„Evi, du drückst mich ja tot, laß mich jetzt, wo ich mir das Glück in Person eingefangen habe, ruhig noch ein wenig leben." Und nun wurde er ernst. „Ja, Eva Maria, ich habe heute mit Henny gesprochen, und sie ist bereit, meine Frau zu werden. Eigentlich wollten wir erst im Herbst heiraten, aber wenn du nun nach Kolberg zurückgehst, und es ist selbstverständlich, daß du dort, wo man dir mit so großer Liebe in all den Jahren eine Heimat bot, deinen Platz ausfüllst, dann heiraten wir eben im Sommer. Inzwischen wird sich schon jemand finden, der mir meine Strümpfe stopft und mich füttert, um mit Peter zu sprechen. Am Sonntag feiern wir bei Direktor Brotmüller unsere Verlobung und am Montag kannst du meinetwegen fahren."

„Kurt!"

„Du bringst mich bestimmt heute noch um", ächzte Kurt in komischer Verzweiflung unter ihrer Umarmung.

„Ich muß unbedingt schnell zu Henny", rief jetzt Eva Maria, und schon war sie draußen. So schnell war sie noch nie bei Brotmüllers gewesen. Henny hatte sie vom Fenster aus entdeckt und kam ihr entgegen.

Und nun saßen die beiden Mädchen in Hennys Zimmer und wußten ihrer großen Freude nicht Ausdruck zu geben. Eva Maria erzählte auch von ihren Zukunftsgedanken, die sie zu verwirklichen hoffe. „Eigentlich möchte ich dich jetzt, wo wir miteinander verwandt werden, nicht hergeben", sagte Henny, „aber ich begreife auch deine Freude, und eines kann ich dir jetzt schon sagen, unsere Ferien werden Kurt und ich nirgends anders verbringen als im Rebenhäuschen."

*

Die Kinder hatten Tante Henny vergeblich in der ganzen Wohnung gesucht. Jetzt stürmten sie in ihr Zimmer. „Tante Henny, Mama hat gesagt, du würdest uns ein Geheimnis verraten. Und da ist ja auch Tante Eva. Weiß die schon das Geheimnis?" Das gab einen Spektakel und ein Hallo bei den Kindern, als Tante Henny sie eingeweiht hatte. Nur Peterlein brauchte längere Zeit, bis er den Sachverhalt begriff. „Wie ist das nun?" fragte er, „Tante Henny, du gehst zum

Bruder Doktor und Tante Eva wird nun doch seine Frau?" Das gab ein Gelächter!

„Komm, ich erkläre es dir noch einmal", sagte Eva Maria und nahm ihren kleinen Freund auf den Schoß. „Also die Tante Henny wird nun Onkel Doktors Frau und gleichzeitig meine Schwägerin. Sie kocht und flickt für den Onkel Doktor und sorgt recht gut für ihn, daß er alles hat, was er braucht —"

„und kein Vogelfutter ißt", unterbrach sie Peter, auf den diese Angelegenheit großen Eindruck gemacht hatte.

„Ja", fuhr Eva Maria fort, „und ich gehe dann wieder zurück ins Rebenhäuschen."

„Oh, oh, ins Rebenhäuschen", riefen die Kinder begeistert, „da kommen wir ja auch alle im Sommer hin!"

„Na, dann ist's gut", bestätigte der kleine Peter, „dann sind wir ja alle wieder zusammen."

Am nächsten Morgen waren die drei Brotmüllers Kinder in aller Frühe in der Wohnung des Doktor Seeborg. Sie wollten ihm gratulieren. Heinz aber trug heimlich auf seinem Rücken versteckt einen großen Bogen Papier. Lautlos verschwanden die Geschwister damit im Wartezimmer. Der Doktor, in der Meinung, es seien schon Patienten, kam aus seinem Sprechzimmer herein und fand diesen Bogen an der Wand befestigt. Mit großen ungelenken Buchstaben war da zu lesen: „Ich habe mich verlohbt!" So, nun würden es die Patienten wissen.

*

Im Rebenhäuschen saß man in Frau Honecks Wohnzimmer gemütlich beisammen. Die Frauen machten Handarbeiten. Als es sieben Uhr schlug, erhob sich Friedemann und erklärte, daß er nun noch eine wichtige Besorgung zu machen habe. „O Friedemann, wo willst du denn jetzt noch hin?" fragte Lilli. „Ich habe mich so auf einen gemütlichen Abend gefreut!"

„In einer Stunde bin ich bestimmt wieder da. Wie ist das, können wir nachher noch eine Tasse Tee miteinander trinken?"

„Natürlich, komm nur bald wieder, wir bereiten alles vor." — Lilli begleitete ihren Mann hinaus und verweilte noch einen Augenblick im Garten. Als sie zurückkam, hatte sie einen herrlichen Strauß blühender Maiglöckchen in den Händen.

„Sieh nur, Mutter, ist das nicht eine Pracht? Sind das nicht Eva Marias Lieblingsblumen?"

„Ja, Lilli, sie liebt sie sehr."

Während Lilli die Blumen in einer Kristallschale ordnete, eilten die Gedanken Frau Honecks nach Stargard. „Ich weiß nicht warum, aber ich habe heute so stark an Eva Maria denken müssen."

„Hat sie lange nicht geschrieben? Sie wird doch nicht krank sein?"

„Wahrscheinlich hat sie recht viel Arbeit."

„Nicht wahr, Mutter, sie fehlt dir oft sehr."

„Ja, Lilli, manchmal wünschte ich, sie wäre hier, ich werde älter, meine Kräfte lassen nach."

„Mutter, meinst du, daß sie wirklich nur dort bleibt, weil ihr Bruder sie dringend braucht? Meinst du nicht, daß sie gerne wieder zu dir kommen würde, wenn —" sie stockte.

„Wenn?" fragte Frau Honeck und blickte sie ermutigend an. Lilli senkte den Blick. „Mir ist manchmal bange, ob sie die häßliche Sache zwischen uns wirklich vergessen hat."

„Darüber mache dir keine Sorgen, Eva Maria würde dir nicht in so liebevoller, schwesterlicher Art geschrieben haben, wenn sie unversöhnlich wäre. Nein, es ist alles in Ordnung. Aber ich glaube, wir müssen jetzt an unseren Tee denken."

„Ja, ich decke gleich den Tisch", erwiderte Lilli und legte ein weißes Tafeltuch auf. „Sieh nur, wie festlich die Blumen darauf aussehen."

Sie waren kaum mit ihren Vorbereitungen fertig, als Schritte hörbar wurden. „Da scheint er ja schon zu kommen", sagte Lilli und ging, um die Türe zu öffnen. „Er spricht mit jemand? Ob er noch Besuch bringt?"

„So, da bin ich wieder!" Friedemann trat ein, „und hier", er wandte sich um, „hier ist noch ein lieber Gast." Die beiden Frauen blickten erwartungsvoll in den Vorraum, aus dem jetzt Eva Maria im Reisekostüm trat.

„Mutter!" — „Eva Maria!"

Und nun ruhte Eva Maria wieder am Mutterherzen, nach dem sie sich schon so lange gesehnt hatte.

Friedemann rieb sich vergnügt die Hände. „Diese Überraschung ist mir doch herrlich geglückt."

Lilli aber stand im Hintergrund des Zimmers und kämpfte mit Freude und Verlegenheit. Frau Honeck schien Eva Maria gar nicht mehr loslassen zu wollen. Beinahe wollte in Lilli das alte Empfinden des Sichzurückgesetztfühlens emporsteigen, aber da trat Eva Maria auf sie zu, reichte ihr beide Hände und küßte sie. „Welche Freude, dich zu sehen."

Und nun fühlte Lilli, daß alles zwischen ihnen in Ordnung war, und eine tiefe, reine Freude erfüllte ihr Herz.

Als Friedemann aber nun feierlich erklärte, daß Eva nicht nur besuchsweise, sondern für ständig nach Hause gekommen sei, da gab es einen grenzenlosen Jubel.

„Meine Lieblingsblumen!" sagte sie und barg ihr strahlendes Gesicht in dem Maiglöckchenstrauß. „Es ist wie ein Fest, wie ein großes Fest!"

Und nun mußte sie erzählen. Alles, alles wurde besprochen, Kurts Verlobung, seine schöne, ihn so tief befriedigende Arbeit, seine Braut, Familie Brotmüller, aber auch sie wollte von allem, was während ihrer Abwesenheit geschehen war, wissen. Als Friedemann und Lilli schon längst zur Ruhe gegangen waren, saß Eva Maria noch lange bei der Mutter im blauen Zimmer, und da feierte sie noch einmal Heimkehr.

Frau Honeck aber lag auch in dieser Nacht lange schlaflos. Diesmal ließ die große Freude sie nicht schlafen. Mit gefalteten Händen lag sie da. „Herr, wie hast du mich beschämt, ich bin deiner Güte nicht wert."

Nun war Eva Maria wieder zu Hause, und bald war es ihr, als sei sie nie fortgewesen. Der Sommer kam und mit ihm die Kurgäste und somit Arbeit in Hülle und Fülle. Frau Honeck konnte längst nicht mehr das leisten, was sie noch vor wenigen Jahren fast spielend geschafft hatte. Lillis Gesundheitszustand aber war geradezu besorgniserregend. Wie eine krankhafte Müdigkeit kam es oft über sie. Mit blassen Wangen lag sie im Gärtchen und fror oft mitten im Sonnenschein. „Nun wollte ich dir so viel helfen in diesem Sommer", klagte sie, „und bin dir nur eine Last."

Dann tröstete Eva Maria sie mit lieben Worten. „Hab nur Geduld, Lilli, es wird auch wieder besser und dann arbeiten wir fröhlich zusammen. Jetzt laß mich dich nur ein wenig pflegen, ich muß doch zeigen, was ich im Arzthause gelernt habe."

„Wie lieb du bist, Eva Maria."

Woche um Woche verging, ohne daß Lillis Zustand sich besserte. Friedemann ließ einen Spezialisten kommen. „Viel Ruhe, viel Schonung!" verordnete dieser, „man muß jetzt abwarten, bis das Kind geboren ist." Frau Honeck blickte oft mit großer Sorge in das immer schmäler werdende Gesicht ihrer Schwiegertochter. Ob eine neue Prüfung ihnen bevorstand? Man tat für Lilli, was man nur konnte, umgab sie mit Liebe und pflegte sie unermüdlich. Rührend war es, wie Lilli versuchte, ihren Dank zu äußern. Eva Maria konnte die gewaltige Veränderung, die mit ihr vorgegangen war, beinahe nicht fassen. War das dieselbe Lilli, die früher für keinen ein freundliches Wort gefunden hatte? Das war Gottes Werk!

Als sich die Akazienblätter in der Brunnenstraße zu färben begannen, schenkte Lilli ihrem Gatten ein kleines zartes Mädelchen. Es war ein zierliches Kindchen, das da mit einem Köpfchen voll blonder Haare im Korbwagen lag, wie ein zerbrechliches Püppchen kam es allen vor. „Das Kind ist gesund!" versicherte der Arzt, aber er sah nicht ohne Sorge die Mutter an. Lilli lag zu Tode ermattet in ihrem Bett, aber in ihren Augen lag ein wundersames Leuchten. „Friedemann, ein Mädchen, Hans-Werners Schwesterchen!" Und dann bat sie Eva, ihr das Kind zu reichen. Ein liebliches Bild war es. Lilli in ihren weißen Kissen, ihr Töchterchen im Arm. „Weißt du, wie unser Mädelchen heißen soll?"

„Du sollst ihr ihren Namen geben", antwortete Friedemann.

„Ich möchte, daß sie Eva Maria heißt, nicht wahr, Eva, du wirst ihre Patin, und dann wünsche ich, daß sie so würde, wie du bist."

Eva Maria errötete. „Darf ich einen Vorschlag machen? Wollen wir sie nicht lieber Eva Lilli nennen?"

Friedemann reichte ihr die Hand. „Ja, so wollen wir es machen. Eva Lilli soll sie heißen."

Eva Maria nahm das Kind in ihre Arme und küßte es. „Du kleiner Sonnenschein, wir wollen dich alle recht liebhaben." Dann verließ sie bewegt das Zimmer. Sie mußte die Freude ihres Herzens zur Mutter tragen. Frau Honeck stand in der Küche und war damit beschäftigt, eine kräftige Fleischbrühe für Lilli zu kochen. Eva Maria nannte ihr den Namen ihres Enkeltöchterchens. Frau Honecks Augen strahlten. „Das ist ein gutes Zeichen. O möge Gott uns das Kind erhalten. Aber Eva, Lilli macht mir Sorgen."

Inzwischen saß Friedemann am Bette seiner kranken Frau. „Hast du ein wenig Zeit?" hatte sie gefragt, „ich möchte mit dir einiges besprechen."

„Solltest du jetzt nicht lieber ruhen? Du bist so matt?"

„Ich ruhe später", antwortete Lilli, und ihre Augen nahmen einen eigentümlich sinnigen Ausdruck an. „Ich muß die Gelegenheit wahrnehmen, solange ich noch kann."

Friedemann blickte erschrocken in ihr blasses Gesicht. „Lilli, ich bitte dich, was redest du?"

„Wir wollen uns nicht täuschen", und nun füllten ihre Augen sich langsam mit Tränen, „ich brauche dir nicht zu sagen, wie gerne ich jetzt, wo wir uns alle gefunden haben, bei euch bliebe, aber ich fühle genau, meine Tage sind gezählt. Schon seit Wochen weiß ich es, daß meine Lunge schwächer ist, als der Arzt es zugegeben hat. Ich wollte dich nicht beunruhigen, darum sprach ich nicht darüber. Friedemann, oft habe ich neben dir gelegen, wenn du schliefst, und ich konnte nicht zur Ruhe kommen bei dem Gedanken, dich, euch alle verlassen zu müssen, jetzt, wo ich mit euch denselben Weg gehe."

„Lilli!" Friedemann sah, wie große Schweißperlen die Stirne seiner Frau bedeckten. „Lilli, ich bitte dich, schone dich."

„Nein, laß mich ausreden. Es war nicht leicht, aber ich habe mich durchgerungen. Wenn Gott mich abruft, bin ich bereit zu gehen, ich freue mich, mein Bübchen, Hans-Werner, wiederzusehen, du hast ja nun unser kleines Mädchen, wie glücklich bin ich, daß ich es dir schenken durfte, bevor ich gehen muß. Nun ist es stille in mir geworden. Wenn ich eines zu bereuen habe, so ist es das, daß ich erst so spät eingesehen habe, daß euer Weg der richtige ist. Ich wünschte, ich hätte dich glücklicher machen können."

„Lilli", Friedemann hatte ihre Hand ergriffen, „sprich nicht so, es liegt an mir, dich zu bitten: Vergib mir, daß ich dir nicht besser helfen konnte. Nun aber gehen wir ja zusammen den gleichen Weg, bis wir das Ziel erreicht haben."

„Ja, das Ziel", flüsterte Lilli, „ich werde schon bald dort sein. Eines macht mir noch Sorgen, Friedemann. Wer wird sich deiner und des Kindes annehmen? Mutter tut, was sie kann, aber sie wird älter und ihre Kraft nimmt ab, nein, unterbrich mich nicht, ich habe nicht mehr viel Zeit. Laß es mich dir sagen: in den langen, schlaflosen Nachtstunden ist es mir klargeworden, ich wüßte niemand, der unserem Kinde eine Mutter sein könnte, wie Eva Maria. Und Friedemann, wenn du später daran denken solltest, meinen leergewordenen Platz ausfüllen zu lassen, ich wüßte niemand, der so zu dir passen würde und der deiner wert ist, wie Eva Maria."

Friedemann hatte das Gesicht in beide Hände vergraben.

„Lilli", stöhnte er auf. Welch eine Wandlung war in seiner Frau vorgegangen, es war ihm, als stände er auf heiligem Boden. Lilli Honeck aber hatte die Augen geschlossen, ihre Hand streichelte liebkosend über das gesenkte Haupt ihres Gatten, und über ihre Wangen lief eine Träne nach der anderen. Trotz allem war in ihrem Herzen eine so wundersame Ruhe, wie sie eine solche nie in ihrem Leben verspürt hatte.

Frau Honeck brachte die Suppe. Friedemann aber ging hinaus, weil er seine Tränen verbergen wollte.

*

Es dauerte noch einige Wochen. Der Herbst hatte dem Winter Platz gemacht. Die ersten Schneeflocken wirbelten vom Himmel. Im Rebenhäuschen sprach man nur in leisem Ton. Der Arzt war dagewesen und hatte erklärt, daß es sich nur noch um Stunden handeln könne. Eva Maria hatte die Kleine ins Wohnzimmer geholt. Dort ging sie mit ihr auf und ab. Das Herz tat ihr weh im Gedanken daran, daß das Kind nun bald ohne Mutter in der Welt stehen würde. Friedemann war zur Post geeilt, um Lillis Verwandte telegraphisch zu benachrichtigen.

Frau Honeck aber saß am Bett ihrer Schwiegertochter, deren Hand sie hielt. Man mußte es auf den ersten Blick erkennen, daß es dem Ende zuging. Aber der Schein einer überirdischen Ruhe und eines tiefen Friedens lag über ihr.

„Mutter, ich bin so froh, daß du jetzt bei mir bist. Die anderen würden furchtbar leiden, du bist so ruhig, mit so manchem hast du nun schon an der Pforte der Ewigkeit gestanden, so mancher hat auch im Rebenhäuschen den rechten Weg gefunden, auch ich." Sie machte eine Pause, das Sprechen fiel ihr schwer, der Atem ging stoßweise. „Mutter, nicht wahr, auch zwischen uns ist alles in Ordnung. Ich verstehe, daß du es damals nicht gerne sahst, daß Friedemann mich zur Frau nahm, aber jetzt, Mutter, jetzt gehöre ich doch zu euch, nicht wahr?"

Frau Honeck beugte sich tiefbewegt über die Sterbende: „Du gehörst zu uns, Lilli, und es kommt die Zeit, wo wir nie mehr voneinander getrennt werden, in den Wohnungen in unseres Vaters Hause werden wir auf ewig vereint. Hier auf Erden irren wir alle, und wenn unser Verstand mit all seinen logischen Begründungen uns noch so oft das Gegenteil beweisen will, allein die Wege des Herrn sind richtig. Daher können wir nichts Besseres tun, als auf diesen Wegen gehen. Dann erkennen wir auch, daß alles, was Gott uns sendet, selbst der tiefste Schmerz, den er unserer Seele zufügt, heilsam ist. Bei Gott gibt es keine Irrtümer."

„Keine Irrtümer", wiederholte Lilli, und dann lag sie still da. Ihre Atemzüge schienen ruhiger zu werden. Frau Honeck rührte sich nicht. Vielleicht kann sie ein wenig schlafen, dachte sie.

Friedemann betrat leise das Zimmer. Als er sich über seine Frau beugte, merkte er, daß sie tot war.

Aufschluchzend sank er in die Knie. Frau Honeck aber legte ihre Hand, die sie eben aus der der Heimgegangenen gelöst hatte, auf das Haupt ihres Sohnes. „Friedemann, ihr letztes Wort war: Keine Irrtümer!"

. . . und dennoch erfülltes Leben
Fortsetzung der Erzählung „Des Erbguts Hüterin"
243 Seiten. Taschenbuch Nr. 11

Der dunkle Punkt
212 Seiten. Taschenbuch Nr. 12

Die Versuchung der Chiara Frohmut
240 Seiten. Taschenbuch Nr. 13

Große Not im Kleinen Kaufhaus und anderes
240 Seiten. Taschenbuch Nr. 14

. . . und haschen nach Wind
267 Seiten. Taschenbuch Nr. 15

Was dein Herz wünscht
Fortsetzung der Erzählung „. . . und haschen nach Wind"
240 Seiten. Taschenbuch Nr. 16

. . . und keiner sah den Engel
246 Seiten. Taschenbuch Nr. 17

Lisettens Tochter
256 Seiten. Taschenbuch Nr. 18

Du hast mein Wort
277 Seiten. Taschenbuch Nr. 19

. . . das Treue auf der Erde wachse
Fortsetzung der Erzählung „Du hast mein Wort"
256 Seiten. Taschenbuch Nr. 20

CHRISTLICHES VERLAGSHAUS GMBH STUTTGART

Alle deine Wasserwogen
254 Seiten. Taschenbuch Nr. 21

Die zerrissene Handschrift
Fortsetzung der Erzählung „Alle deine Wasserwogen"
248 Seiten. Taschenbuch Nr. 22

In Gottes Terminkalender
256 Seiten. Taschenbuch Nr. 23

Kleiner Himmel in der Pfütze
Fortsetzung der Erzählung „In Gottes Terminkalender"
256 Seiten. Taschenbuch Nr. 24

Eine Hand voll Ruhe
205 Seiten. Taschenbuch Nr. 25

Das verborgene Brot
223 Seiten. Taschenbuch Nr. 26

Was dir vor die Hände kommt
Fortsetzung der Erzählung „Das verborgene Brot"
256 Seiten. Taschenbuch Nr. 27

Ich aber meine das Leben
238 Seiten. Taschenbuch Nr. 28

CHRISTLICHES VERLAGSHAUS GMBH STUTTGART